Süße kleine
graue Maus

SANDRA BROWN

Süße kleine graue Maus

Deutsch von Katharina Braun

Weltbild

Originaltitel: *The Rana Look*
Originalverlag: Bantam Books

Besuchen Sie uns im Internet:
www.weltbild.de

Weltbild Buchverlag – Originalausgaben –
Genehmigte Lizenzausgabe 2007 für
Verlagsgruppe Weltbild GmbH,
Steinerne Furt, 86167 Augsburg

Projektleitung: Dr. Ulrike Strerath-Bolz
Übersetzung: Katharine Braun
Umschlag: Hauptmann & Kompanie
Werbeagentur GmbH, München
Umschlagabbildung: J. P. Fruchet/Getty Images
(Gesicht) und Tom Fowlks/Getty Images (Landschaft)
Satz: Andrea Göttler
Gesetzt aus der Stone Serif 10/14 pt
Druck und Bindung: Bagel Roto-Offset
GmbH & Co.KG, Schleinitz

Gedruckt auf chlorfrei gebleichtem Papier

Printed in the EU

ISBN 978-3-89897-777-7

1

Sie begegnete ihm auf dem Flur, als sie gerade auf dem Weg nach unten zum Abendessen war.

Mit ihm hatte sie überhaupt nicht gerechnet, und sein plötzliches Auftauchen erschreckte sie. Mehrere Dinge passierten auf einmal. Sie hielt den Atem an. Ihr Herz klopfte wie wild, und sie preßte sich eng an die Wand.

»Hallo. Habe ich Sie erschreckt?« fragte er. Dabei lächelte er sie belustigt an. Seine Zähne leuchteten weiß in seinem tief gebräunten Gesicht. Er zog die Augenbrauen hoch, und dichtes braunes Haar fiel ihm in die Stirn.

Sein Lächeln war faszinierend und verführerisch. Ihr Herz schlug unregelmäßig.

»N-ein«, stammelte sie.

»Hat Ihnen Tante Ruby nicht erzählt, daß ein neuer Mieter einzieht?«

»Doch, aber ich ...« Sie brach ab. Sie konnte ihm doch nicht sagen: Ja, aber ich habe einen zerstreuten älteren Herrn mit Pfeife und Strickjacke erwartet und nicht jemanden, dessen breites Kreuz kaum durchs Treppenhaus paßt.

Tatsächlich hatte sie sich den neuen Mieter mit gütiger Miene und freundlichem Lächeln vorgestellt. Auf so einen Draufgänger war sie nicht gefaßt gewesen.

Immer noch lächelnd, stellte er den Karton mit CDs und Kassetten ab, den er unter dem rechten Arm getragen hatte, und streckte die Hand aus.

»Trent Gamblin«, stellte er sich vor. Rana starrte verwirrt auf seine Hand, als wüßte sie nicht, was sie damit machen sollte, dann endlich legte sie ihre leicht hinein. »Ich bin Miss Ramsey.«

Als sie zögernd den Blick hob und in sein Gesicht sah, war sein Lächeln noch breiter geworden. Sicher machte er sich über ihr mimosenhaftes Verhalten lustig.

»Brauchen Sie Hilfe, Mr. Gamblin?« fragte sie steif und zog ihre Hand zurück.

»Ich glaube, das schaffe ich schon allein, Miss Ramsey.« Seine Miene war jetzt ernst, aber der Schalk saß ihm noch immer in den dunklen, ausdrucksvollen Augen.

Leicht irritiert darüber, daß er sich so auf ihre Kosten amüsierte, stieß Rana sich von der Wand ab und richtete sich auf. »Dann entschuldigen Sie mich bitte. Ich gehe hinunter zum Abendessen. Ruby hat es nicht gern, wenn ich zu spät zu den Mahlzeiten erscheine.«

»Ich sollte mich wohl auch besser beeilen. Rechts oder links?« wollte er wissen.

»Bitte?«

»Welches ist mein Apartment? Das auf der linken oder das auf der rechten Seite?«

»Auf der linken.«

»Das rechte gehört Ihnen?«

»Ja.«

»Hoffentlich kann ich das auseinanderhalten, Miss Ramsey. Stellen Sie sich vor, ich verirre mich eines Nachts in Ihr Zimmer!« Sein Blick wanderte abschätzend über ihren Körper. »Nicht auszudenken, was da alles passieren könnte!« fügte er hinzu.

Er machte sich über sie lustig! »Wir sehen uns unten«, erklärte sie kühl. Dann schob sie sich an ihm vorbei und zwang ihn damit, sich gegen die Wand zu drücken. Aber er stand immer noch weit genug auf dem Treppenabsatz, um im Vorübergehen von ihrem Kleid gestreift zu werden. Das machte er natürlich mit Absicht! Sie konnte sein arrogantes Grinsen in ihrem Rücken spüren.

Wenn er wüßte, dachte Rana wütend und lief hinunter. Miss Ramsey könnte ihn sinnlos verwirren, ihn in seinen eigenen Fallen fangen, dieses aufreizende Grinsen aus seinem glatten Gesicht verjagen, ihn mit ihrer Schönheit zu Eis erstarren lassen …

Auf der dritten Stufe von unten blieb sie stehen. Was gingen ihr da für Gedanken durch den Kopf! Seit Monaten hatte sie sich nicht mehr um ihr Aussehen gekümmert. Das alles lag weit hinter ihr. Warum dachte sie ausgerechnet jetzt, nachdem sie den neuen Mieter in Ruby Baileys Haus gesehen hatte, an die Rana, die sie noch vor sechs Monaten gewesen war? Sie schüttelte den Kopf.

Das gefiel ihr ganz und gar nicht. Von ihrem früheren Leben hatte sie sich radikal gelöst. Sie war nicht bereit, es wiederaufzunehmen, nicht einmal für kurze Zeit, nur um diesen Trent Gamblin in seine Schranken zu verweisen.

Wenn sie sich wieder in die weltbekannte Rana verwandelte, würden all die Selbstquälereien und Schmerzen, die allein mit diesem Namen verbunden waren, wieder auferstehen. Sie hatte den Status einer Berühmtheit abgelegt. Zu sehr genoß sie die Anonymität ihres gleichförmigen Lebens.

Rana gefiel es, einfach nur Miss Ramsey zu sein, eine unscheinbare Bewohnerin einer unscheinbaren Pension in Galveston, die für ihre Gäste kleine Apartments mit eigenem Bad bereithielt.

Ruby Bailey jedoch war alles andere als eine typische Pensionswirtin. Als Rana jetzt das Eßzimmer betrat, zündete Ruby gerade die Kerzen auf dem Tisch an. Zu Ehren des Neuankömmlings hatte sie sich noch mehr Mühe mit dem Abendessen gegeben als gewöhnlich.

»Au!« rief sie und blies das Zündholz aus. »Beinahe hätte ich mir den Nagellack angebrannt.« Argwöhnisch betrachtete sie ihre rotlackierten Fingernägel.

Niemand wußte genau, wie alt sie war, aber Rana hatte ausgerechnet, daß sie über siebzig sein mußte, denn manchmal ließ Ruby einige Daten in ihre lebhaften Gespräche einfließen.

Als Rana damals auf die Anzeige in der Houstoner Tageszeitung, die ein freies Apartment in Galveston anbot, antwortete, hatte sie kaum an eine Vermieterin wie Ruby gedacht, eher an eine gesetzte ältere Dame.

Anhand der Beschreibungen, die Ruby ihr während eines kurzen Telefongesprächs gegeben hatte, fand Rana die Adresse ohne große Schwierigkeiten. Ihre Aufregung beim Anblick des Hauses ließ sich kaum schildern. Die viktorianische Villa aus Galvestons Blütezeit hatte unzähligen Stürmen genauso widerstanden wie dem Zahn der Zeit. Sie erhob sich inmitten der schattigen Allee zwischen anderen restaurierten Häusern.

Rana, die zehn Jahre lang in Manhattans Wolkenkratzern gelebt hatte, hatte ein Gefühl, als sei sie unversehens in einem anderen Jahrhundert gelandet. Sie war begeistert. Sie konnte nur hoffen, daß sie und Ruby Bailey sich einig würden.

Das Haar der Vermieterin war weiß, aber sie trug es nicht wie in Ranas Phantasie zu einem klassischen Großmutterknoten zusammengesteckt, sondern kurz und lockig und in einem überraschend modischen Schnitt. Sie wirkte auch nicht behäbig wie eine Matrone, sondern schlank und aufrecht. Sie trug Jeans und einen Pullover, der die gleiche leuchtend rote Farbe hatte wie die Geranien, die auf der vorderen Veranda in voller Blüte standen.

»Sie müßten mal ordentlich gepäppelt werden.« Diese unverblümte Feststellung war der erste Satz, den Ruby nach einer gründlichen Musterung aus hellwachen, braunen Augen an Rana richtete. »Kommen Sie nur herein. Wie wär's mit Kuchen und Kräutertee für den Anfang? Mögen Sie überhaupt Kräutertee? Ich schwöre darauf. Er ist für alles gut – von Zahnschmerzen bis hin zu Verstopfung. Wenn Sie natürlich all meine ausgewogenen Mahlzeiten essen, die ich für Sie kochen werde, leiden Sie nie unter Verstopfung.«

Und dabei war es geblieben. Ruby betrachtete das Apartment auf der zweiten Etage als vermietet.

Mit der Zeit kam Rana dahinter, daß Rubys Tasse Kräutertee manchmal großzügig mit Bourbon versetzt war, besonders abends nach dem Essen. Rana vergab ihrer Freundin diese besondere Eigenart, ebenso wie ihre ständigen Bemühungen, mehr aus Miss Ramsey zu machen.

Auch jetzt runzelte die Wirtin bei Ranas Anblick die Stirn und machte keinen Hehl aus ihrem Mißfallen.

»Ich habe gehofft, Sie hätten sich heute Abend ein bißchen nett gemacht. Ihr Haar hat eine so hübsche rote Farbe. Haben Sie jemals daran gedacht, es ein wenig aus dem Gesicht zu kämmen?«

Rana, Liebling, deine Wangenknochen sind einfach göttlich! Zeig sie her, Liebes. Dieses wundervolle Haar, zurückgekämmt fällt es wie ein Wasserfall über deinen Rücken! Schüttle deinen Kopf, Liebling. Sieh her! Himmel – einfach atemberaubend! Jeder mickrige kleine Kosmetiksalon im Land wird bald den Rana-Look anpreisen.

Rana lächelte bei der Erinnerung an die Worte des berühmten Haarkünstlers, nachdem Morey sie zum erstenmal hingeschickt hatte.

»Nein, Ruby. Ich mag es so am liebsten.« Die Wirtin hatte darauf bestanden, bei ihrem Vornamen genannt zu werden mit der Begründung, daß sie sich bei der Anrede »Mrs. Bailey« zu alt fühlen würde. »Der Tisch sieht heute Abend wunderschön aus.«

»Danke«, entgegnete Ruby ungeduldig, sie hatte einen Farbfleck auf Ranas Ärmel entdeckt. »Sie haben noch Zeit, sich umzuziehen, meine Liebe«, schlug sie taktvoll vor.

»Ist es denn so wichtig, was ich trage?« wollte Rana wissen und lächelte leicht.

Ruby seufzte resigniert. »Ich schätze, das ist es nicht. Und außerdem werden Sie doch nur eine andere Horrorkombination anziehen.« Sie schüttelte den Kopf. »Himmel, ich bin mindestens dreißig Jahre älter als Sie, aber ich würde mir lieber die Finger abhacken, als mich in einem solchen Sack sehen zu lassen.« Ein weiteres Kopfschütteln folgte. »Ich bin sicher, Miss Ramsey, Sie könnten mehr aus sich machen, wenn Sie nur wollten!« Ihre Gäste nannte Ruby nie beim Vornamen.

»Mein Äußeres interessiert mich überhaupt nicht.«

Ruby betrachtete Ranas flache, praktische Schuhe, ihr formloses Kleid und das dichte Haar, das lieblos und vernachlässigt ihr schmales Gesicht einrahmte. Zu allem Überfluß trug sie noch eine große, runde Brille.

Rubys mißbilligende Miene brachte deutlich zum Ausdruck, was sie dachte. Laut jedoch sagte sie: »Trent ist gerade angekommen.«

»Ich weiß, ich bin ihm auf der Treppe begegnet.«

Die braunen Augen der Wirtin funkelten. »Ist er

nicht der anbetungswürdigste Mann, den Sie jemals gesehen haben?«

»Ich hatte nicht erwartet, daß er so ... so jung ist.« So jung, so gutaussehend, so vital und männlich und so gefährlich nahe, fügte Rana im stillen hinzu. Was wäre, wenn er sie erkennen würde? »Ich dachte, der neue Mieter sei Ihr Cousin. Haben Sie mir das nicht erzählt?«

»Neffe, meine Liebe. Neffe. Er war schon immer mein Liebling. Meine Schwester hat ihn nach Strich und Faden verwöhnt. Natürlich habe ich das ständig kritisiert. Aber sie konnte nicht anders. Wie auch? Er konnte immer schon jede Frau um den kleinen Finger wickeln. Als er mich anrief, weil er eine Unterkunft für die nächsten Wochen suchte, tat ich erst sehr unwirsch, doch im Grunde habe ich mich riesig gefreut. Es macht so viel Spaß, ihn im Haus zu haben.«

»Er bleibt nur ein paar Wochen?«

»Ja, dann kehrt er zurück in sein Haus in Houston«, erwiderte Ruby.

Scheidung, ohne Zweifel, dachte Rana. Dieser Neffe ihrer Vermieterin, dieser Trent, brauchte wohl einfach eine Wohnung, wo er auf das Ende seines Scheidungsprozesses warten konnte.

Nun gut, Tante Ruby hielt ihn wohl für einen ›anbetungswürdigen Mann‹, aber sie, Rana, erkannte einen arroganten, selbstgefälligen Chauvinisten auf der Stelle. Diesem geschniegelten Burschen würde sie aus dem Weg gehen, und das dürfte nicht so schwierig werden. Ein Mann wie Trent Gamblin würde an eine Frau wie ›Miss Ramsey‹ keinen zweiten Blick verschwenden.

»Hmm, das riecht aber gut hier.«

Beim Klang der tiefen, samtweichen Stimme schrak Rana zusammen. Trent zwängte sich durch den Vorhang vor der Tür. Seine festen Schritte dröhnten auf dem Holzfußboden. Jeder Tritt brachte das Gewürzregal zum Schwanken und das Porzellan und die Gläser zum Klirren.

Ruby wurde von hinten von muskulösen, braunen Armen umfaßt, die Michelangelo als Modell hätten dienen können. Trent beugte sich über seine Tante und drückte ihr einen Kuß auf den Nacken. »Was hast du uns Gutes gekocht, Tantchen?« wollte er wissen.

»Laß mich los, du großer Affe.« Energisch befreite sich Ruby aus seiner erdrückenden Umarmung; ihre Wangen jedoch waren gerötet, und ihre Augen glänzten. »Setz dich hin und benimm dich. Hast du dir die Hände gewaschen?«

»Ja, Ma'am«, erwiderte er gehorsam und zwinkerte Rana zu.

»Wenn du versprichst, dich anständig zu benehmen, darfst du am Kopfende des Tisches sitzen. Und wenn du sie nett darum bittest, schenkt dir Miss Ramsey vielleicht einen Sherry ein. Jetzt entschuldigt mich, ich hole das Essen.«

Sie raschelte mit ihrem leuchtend blauen Kleid und verschwand durch die Schwingtür in die Küche. Als Trent sich zu Rana umdrehte, lag immer noch ein Lächeln auf seinen Lippen. »Sie ist schon etwas Besonderes, nicht wahr?« sagte er, und man hörte deutlich den Stolz und die Anerkennung in seiner Stimme.

»Ja, das stimmt. Ich mag sie sehr.«

»Sie hat drei Ehemänner und eine Tochter überlebt. Aber das hat sie alles nicht unterkriegen können.« Trent schüttelte bewundernd den Kopf. »Wo ist Ihr Platz am Tisch?«

Rana ging zu dem Stuhl, auf dem sie gewöhnlich saß, aber Trent kam ihr zuvor. Mit der Geschwindigkeit eines Tänzers umrundete er den Tisch und rückte ihr den Stuhl zurecht.

Rana war nicht klein. Aber er war viel größer. Es war ein eigenartiges, jedoch keineswegs unangenehmes Gefühl, einen Mann neben sich zu haben, zu dem sie aufschauen mußte. Selbst wenn sie ihre Schuhe mit den höchsten Absätzen tragen würde, wäre Trent Gamblin immer noch größer als sie.

Als sie auf dem Rosenholzstuhl mit der geschwungenen Lehne saß, nahm Trent am Kopf des Tisches Platz. »Wie lange wohnen Sie schon hier?«

»Sechs Monate.«

»Und vorher?«

»Im Osten«, erwiderte sie unbestimmt.

Er grinste breit. »Das klingt aber nicht nach Texas-Akzent.«

Sie lachte leise. »Kaum.« Um ihn nicht ansehen zu müssen, spielte Rana mit dem Löffel vor sich auf dem Tisch und fuhr mit der Fingerspitze die silberne Gravur entlang.

»Haben Sie den anderen Mieter auch gekannt?«

»Gast.«

»Wie bitte?«

»Ihre Tante nennt uns alle Gäste. Sie meint, ›Mieter‹ hört sich zu geschäftsmäßig an.«

»Ach so.« Trent nickte. Sein Hemd stand am Hals offen, und der V-Ausschnitt enthüllte seine braune Haut und dunkle, gelockte Haare. Bei diesem Anblick spürte Rana ein Flattern in der Magengrube. Schnell wandte sie den Blick ab. »Ich möchte Sie bitten, mich mit den Regeln hier im Haus vertraut zu machen. Wann zum Beispiel ist die Sperrstunde?«

Er neckte sie schon wieder, und wie schon zuvor ärgerte sie sich darüber. Sie hatte so viele Männer gekannt, die diese Art von Spielchen mit Frauen spielten, und einige von ihnen hatten mehr Talent im Flirten als Trent Gamblin. Es waren alles Spiele, bei denen die Frau stets die Beute und der Mann den Jäger darstellte.

Rana hatte sich immer gegen diese Art von Anmache gewehrt und gegen die Annahme der Männer, daß sie an diesem ermüdenden Schwachsinn interessiert sei. Jetzt war es nicht anders. Außerdem, warum gab sich dieser Mann so viel Mühe mit der hausbackenen, unscheinbaren Miss Ramsey?

Auf einmal wußte Rana die Antwort. Außer seiner Tante war sie die einzige Frau im Haus. Offenbar hatte Mr. Gamblins vielschichtige Persönlichkeit eine herausragende Eigenschaft – er war der geborene Herzensbrecher. Und angeborene Talente konnte man schwer unterdrücken.

»Die frühere Bewohnerin Ihres Apartments war eine Witwe in Rubys Alter«, erklärte Rana kühl. »Als es ihr gesundheitlich nicht mehr so gut ging, ist sie nach Austin in die Nähe ihrer Familie gezogen.«

Sie nahm einen tiefen Schluck aus ihrem Wasserglas und hoffte, mit dieser Geste die Unterhaltung zu beenden, bis ihre Gastgeberin mit dem Essen erscheinen würde. An diesem Abend kam Rana das Eßzimmer eng und stickig vor. Sie schloß bei sich die Möglichkeit aus, daß Trent Gamblins Anwesenheit damit etwas zu tun haben könnte. Vielleicht mußte Ruby den Thermostat an der Klimaanlage verstellen.

In Mißachtung der Bitte seiner Tante, er möge sich anständig benehmen, hatte Trent beide Ellbogen auf den Tisch gestützt, legte das Kinn auf seine Hände und betrachtete Miss Ramsey ungeniert.

Interessant. Sie konnte nicht sehr alt sein. Vielleicht um die dreißig. Sie war ihm ein Rätsel. Warum verbarg sich eine offensichtlich gesunde, intelligente junge Frau auf Dauer in Tante Rubys Pension, so gemütlich und anheimelnd diese auch sein mochte? Welches Motiv hatte eine Frau, sich so zu isolieren?

Vielleicht eine Familientragödie? Eine in die Brüche gegangene Liebesbeziehung? Hatte man sie am Altar stehenlassen oder etwas in der Art?

Miss Ramsey erweckte in ihm die Vorstellung einer altjüngferlichen Schullehrerin aus dem vorigen Jahrhundert. Schmales Gesicht, glattes Haar – obwohl, im Kerzenlicht schimmerte es in einem Farbton, den er nie zuvor gesehen hatte. Dieses fürchterliche graue Kleid verbarg ihre Figur so vollkommen, daß nicht einmal er auch nur ahnen konnte, wie sie beschaffen sein mochte.

Sie hatte sich nicht geschminkt, ihre Haut jedoch schien makellos zu sein, aber im Gegensatz zu den meisten rothaarigen Frauen hatte sie eine ganz leicht olivfarbene Tönung. Und doch – ihr Haar war eigentlich zu dunkel, um es rot zu nennen. Dieser tiefe Mahagoniton ließ sich schwer beschreiben.

Ihre Hände, die unruhig mit dem Silberbesteck spielten, waren erstaunlich schmal und schlank. Sie sahen jedoch etwas rauh aus. Ihre Nägel waren kurz und unlackiert. Diese Frau benutzte auch kein Parfum. Trents geschulte Nase konnte etliche Duftnoten voneinander unterscheiden, aber bei Miss Ramsey versagte sein Geruchssinn. Am schlimmsten war ihre runde Brille. Diese großen, blaugetönten Gläser verbargen völlig ihre Augen.

Sein forschender Blick machte Rana nervös; das bemerkte Trent daran, wie sie unruhig auf ihrem Stuhl hin und her rutschte. Mit einem Hauch von Bosheit freute er sich darüber, daß seine Aufmerksamkeit sie nicht kalt ließ. Das arme Ding brauchte womöglich dringend etwas Abwechslung in einem trüben, langweiligen Leben. Warum sollte er nicht dazu beitragen? Er hatte sowieso nichts Besseres zu tun.

»Warum leben Sie hier, Miss Ramsey?«

»Das geht Sie nichts an.«

»Au! Sind Sie immer so stachelig?«

»Nur wenn jemand mich so unverschämt anstarrt und so dämliche Fragen stellt.«

»Ich bin der Neue. Sie müssen lieb zu mir sein.«

Irgendwie hatte Ruby recht. Er war wirklich anbetungswürdig, besonders, wenn er sie so ansah wie jetzt. Sein Mund wirkte sehr sinnlich.

»Mögen Sie ein Glas Sherry?« Rana hob die geschliffene Kristallkaraffe.

»Das meinen Sie doch nicht ernst!«

Sie stellte sie wieder hin.

»Gibt es hier kein kühles Bier?«

»Ich glaube nicht, daß Ruby Bier in ihren Vorräten hat.«

»Aber der Whisky geht ihr sicher nie aus, oder?«

Er grinste bei seinen Worten.

Rana errötete. »Ich …«

»Kommen Sie, Miss Ramsey. Sie können's mir ruhig erzählen. Ich gehöre zur Familie.« Er beugte sich vor, so weit vor, daß sein Gesicht nur noch ein paar Zentimeter von ihrem entfernt war.

»Genehmigt sich die alte Dame immer noch ihren Bourbon?«

Bevor Rana überlegen konnte, was sie darauf antworten sollte, erschien Ruby mit einem vollbeladenen Teewagen in der Küchentür. »So, meine Lieben. Ihr seid sicher schon halb verhungert, aber die Brötchen brauchten noch ein paar Minuten im Backofen.«

Trent mußte immer noch darüber lachen, wie schockiert Rana wegen seiner Bemerkung wirkte.

»Trent, hör mit dem einfältigen Gekicher auf«, schalt Ruby. »Du bist immer schon ein unartiges Kind bei Tisch gewesen und hast dich ohne Grund halbtot gelacht. Setz dich gerade hin, bitte, und mach dich nützlich. Du kannst den Braten schneiden. Miss Ramsey möchte ihr Fleisch gut durchgebraten, und gib ihr ein großes Stück, auch wenn sie protestiert. Ich habe es geschafft, ihre mageren Knochen ein wenig aufzupolstern, aber sie hat's immer noch nötig. Ach, Kinder, ist es nicht nett?« Strahlend sank Ruby auf ihren Stuhl. »Das wird so gemütlich, wenn wir drei jetzt immer zusammen essen.«

Rana bemühte sich, Trents abschätzende Blicke, wieviel Polster ihre dünnen Knochen wohl noch vertragen könnten, zu ignorieren, und fragte sich, ob es wohl zu auffallend wäre, wenn sie darum bitten würde, ihr von nun an ihre Mahlzeiten in ihrem Apartment zu servieren.

Trent hatte einen gesegneten Appetit. Ruby füllte ihm immer wieder den Teller, bis er ergeben die Hände hob. »Bitte, Tante Ruby, nicht noch mehr. Ich werde zu dick.«

»Quatsch. Du mußt noch wachsen, Junge. Ich kann dich doch so nicht ins Sommerlager schicken.«

Rana verschluckte sich an einem Stück Kartoffel und trank schnell einen Schluck Wasser. Ihre Augen tränten, aber es gelang ihr, die Tränen wegzuwischen, ohne die Brille abzunehmen.

»Geht's Ihnen gut, meine Liebe?« fragte Ruby besorgt.

»Gut, ja«, hustete Rana. Als sie sich etwas erholt hatte, sah sie Trent an. »Sind Sie nicht ein bißchen zu alt für ein Sommerlager?«

Ruby und Trent fanden ihre Frage ausgesprochen witzig und lachten herzlich. »Football-Sommerlager«, erklärte Ruby. »Habe ich Ihnen noch nicht erzählt, daß Trent Profispieler ist?«

Überrascht legte Rana ihre Serviette in den Schoß.

»Ich glaube nicht.«

»Er spielt bei den Houston Mustangs.« Ruby strahlte vor Stolz und legte ihre Hand auf den muskulösen Arm ihres Neffen.

»Und er ist ein wichtiges Mitglied der Mannschaft. Der Quarterback, der entscheidende Spieler beim Angriff.«

»Ach so.«

»Mögen Sie Football nicht, Miss Ramsey?« bohrte Trent. Er war ein wenig gekränkt, daß sie ihn nicht gleich erkannt hatte. Und weil es sie auch nicht besonders zu beeindrucken schien, daß sie mit einem Mann an demselben Tisch saß, den einige Sportredakteure als den besten Quarterback im Profifootball seit Starr und Staubach bezeichneten.

»Ich kenne mich da nicht aus, Mr. Gamblin. Aber jetzt weiß ich schon mehr.«

»Und was?«

»Daß die Spieler ins Sommerlager fahren.«

Trent grinste. Diese Miss Ramsey schien zumindest Humor zu haben. Vielleicht würden die nächsten Wochen ja doch nicht so langweilig. Tatsächlich konnte er sich an kein Essen erinnern, bei dem er sich so entspannt gefühlt hatte wie an diesem Abend. Seine Tante brauchte er nicht mehr zu beeindrucken; sie hielt ihn sowieso für einen Halbgott. Und vor Miss Ramsey brauchte er auch keine Schau abzuziehen. Zum ersten Mal seit Jahren konnte er sich in Gesellschaft von Frauen ganz natürlich verhalten. Und das tat ihm gut.

»Was macht deine Schulter, Trent?« fragte Ruby und wandte sich dann erklärend an Rana. »Er hat eine Verletzung, die schlecht heilt. Seine Schulter ist verrenkt.«

»Ausgerenkt, Tantchen. Meine Schulter war ausgerenkt.«

»Entschuldige, dann eben ausgerenkt. Sein Arzt hat ihm geraten, sich aus allen Aktivitäten herauszuhalten, so daß seine Schulter bis zum Trainingscamp ausgeheilt ist. Aus diesem Grund hat er alle seine Freunde und Bekannten verlassen und sich in mein Haus zurückgezogen. Stimmt's, mein Schatz?«

»Genau.«

»Ist Ihre Verletzung sehr schmerzhaft?« fragte Rana.

Er zuckte die Schultern. »Manchmal. Aber nur, wenn ich mich überanstrenge.«

Bei der Erinnerung an sein letztes Gespräch mit dem Mannschaftsarzt runzelte Trent die Stirn. »Es wird einfach nicht besser, Doktor«, hatte er sich beklagt. »Und Sie wissen doch – bis zum Trainingscamp muß ich in Ordnung sein.«

Er hatte sich auf die Unterlippe gebissen. Wenn die nächste Spielzeit so miserabel verlaufen würde wie die letzte, würde sich der Trainer nach einem jüngeren und gesünderen Spieler umsehen.

Trent macht sich da keine Illusionen. Er war vierunddreißig. Über kurz oder lang mußte er den professionellen Sport sowieso an den Nagel hängen. Aber er wünschte sich noch eine gute, nein, eine grandiose Spielzeit.

Er wollte sich nicht als geschlagener, angeknackster Versager verabschieden, über den die Leute mitleidig die Köpfe schütteln und sich zuraunen würden: »Er kann nicht mehr. Aber er will es sich einfach nicht eingestehen.«

Denn tief in seinem Innersten wußte Trent, daß er noch nicht verloren hatte. Er wollte seine Schulterverletzung in aller Ruhe auskurieren. Dann würde er noch eine Saison meisterhaft spielen und sich anschließend aus dem Job zurückziehen. Aber erst dann.

»Hören Sie auf zu jammern, Trent«, hatte der Arzt erwidert. »Tom Tandy hat mir erzählt, daß Sie wieder Tennis gespielt haben. Tennis, du lieber Himmel! Haben Sie den Verstand verloren?«

Trent stöhnte auf, als der Arzt mit geübtem Griff seine Schulter untersuchte. »Ich mußte doch meinen Aufschlag verbessern.«

»Unsinn. Ich weiß, was Sie alles mit Ihrem Arm anstellen. Und nicht nur auf dem Tennisplatz. Tom hat mir auch erzählt ...«

»Wenn man so saubere Freunde hat wie Tom ...«

»Hören Sie mal zu, Trent.« Der Teamarzt hatte sich einen Stuhl herangezogen, und seine Stimme klang sehr ernst. »Wenn Sie so weitermachen wie bisher, wird Ihre Schulter nie heilen. Sicher, jetzt ist keine Spielzeit, und Sie haben verdient, sich ein wenig auszutoben. Aber in ein paar Wochen findet schon das Trainingscamp statt. Was ist Ihnen wichtiger – die nächste Football-Saison oder das süße Junggesellenleben? Was möchten Sie lieber sein – ein Super-Quarterback oder ein Superplayboy?«

Noch am gleichen Nachmittag hatte Trent seine Tante angerufen.

Ich habe die richtige Entscheidung getroffen, dachte er jetzt, lehnte sich zurück und trank einen Schluck Kaffee aus der feinen Porzellantasse, die Ruby vor ihn hingestellt hatte. Vielleicht brauchte er wirklich Ruhe, regelmäßige Mahlzeiten und die Zurückgezogenheit dieser Pension in Galveston. Bei Tante Ruby langweilte er sich bestimmt nicht. Er erinnerte sich noch mit Vergnügen an die Besuche bei ihr während seiner Kindheit.

Er warf einen abschätzenden Blick auf die andere Frau am Tisch. Vielleicht stellte sich ja auch Miss Ramsey als ganz amüsant heraus, wenn sie einmal etwas aus sich herausging. Womöglich konnte er da ein bißchen nachhelfen.

»Wovon leben Sie?« fragte er abrupt.

»Trent! Wie unhöflich!« Seine Tante sah ihn vorwurfsvoll an. »Hat dir meine Schwester keine Manieren beigebracht? Du warst zu lange mit diesen ungehobelten Burschen aus dem Footballteam zusammen.«

»Ich möchte es aber gern wissen.« Sein Lächeln war entwaffnend. »Warum soll ich denn lange drum herumreden? Wenn Miss Ramsey und ich hier ... zusammenleben, sollten wir uns doch besser kennenlernen, oder etwa nicht?«

Der Blick seiner dunklen Augen glitt forschend über Ranas Körper und ließ sie erschauern. Sie wünschte, es wäre nicht so. Aus irgendeinem unerfindlichen Grund war sie erleichtert, als sie erfahren hatte, daß er nicht wegen einer Scheidung hier untergetaucht war. Obwohl natürlich die Möglichkeit bestand, daß er verheiratet war.

Sie hatte sogar so etwas wie Bedauern für ihn empfunden, denn sie nahm an, daß er sich Sorgen um seine Zukunft machen mußte. Immerhin kannte sie so viel von der Welt des Profisports, daß sie wußte, daß eine solche Schulterverletzung das Ende einer Karriere bedeuten konnte.

Jetzt allerdings, als Trent Gamblin sie mit diesem vertrauten ›DichvernaschichzumFrühstück‹-Blick ansah, verflog ihre Anteilnahme, und ihre anfängliche Abneigung kehrte zurück. Und damit festigte sich ihr Entschluß, ihm aus dem Weg zu gehen.

»Ich male«, erwiderte sie lakonisch.

»Sie malen? Bilder oder Wände?«

»Keines von beiden.« Rana trank einen Schluck Kaffee und machte eine bedeutungsvolle Pause. »Ich bemale Kleidungsstücke.«

»Kleidungsstücke?« fragte er mit verwundertem Gesichtsausdruck.

»Ja«, gab sie zurück und erwiderte seinen Blick durch die blaugetönten Gläser ihrer Brille.

»Sie ist ein Genie«, warf Ruby mit gekünstelter Fröhlichkeit ein. Sie hatte so sehr gehofft, daß ihr Neffe Miss Ramsey aus der Reserve locken würde, aber schon während dieser ersten gemeinsamen Mahlzeit hatten sich ihre Hoffnungen zerschlagen.

Wenn überhaupt etwas passiert war, dann nur, daß sich Miss Ramsey noch mehr als sonst verschlossen hatte. Sie schien sich hinter ihrer Brille zu verschanzen, in ihrem übergroßen, häßlichen Kleid zusammenzuschrumpfen und sich noch mehr als sonst hinter einer Wand von Geheimnissen zu verkriechen.

»Du solltest ein paar von ihren Kreationen sehen«, fuhr Ruby fort. »Sie arbeitet allerdings viel zuviel. Ich will sie dauernd dazu überreden, mehr auszugehen und sich mit Leuten ihres Alters zu treffen.«

Trent hatte seinen Blick nicht von Miss Ramsey abgewandt. »Arbeiten Sie hier?«

»Ja. Ich habe mein Wohnzimmer in ein Atelier umfunktioniert. Das Licht ist ausgezeichnet.«

»Ich glaube, ich verstehe das immer noch nicht.« Er streckte seine langen Beine weit von sich. Sein Knie berührte Ranas unter dem Tisch, und sie zog schnell ihre Beine zurück. »Wie malen Sie auf Kleidung? Und was sind das für Kleidungsstücke? Welche Farben benutzen Sie?«

Sie lächelte. Trotz allem freute sie sich über sein Interesse. »Ich kaufe Sonderangebote unterschiedlichster Art in Kaufhäusern und bemale sie dann mit Originalentwürfen.«

Trent sah sie ungläubig an. »Und so was läßt sich verkaufen?« fragte er.

»Ich kann davon meine Miete bezahlen, Mr. Gamblin«, erwiderte sie spitz. Abrupt schob sie den Stuhl zurück und stand auf. »Es war wie immer ein ausgezeichnetes Essen, Ruby. Gute Nacht.«

»Sie gehen doch nicht so früh schon auf Ihr Zimmer?« fragte die Wirtin irritiert. Miss Ramseys plötzlichen Stimmungswechsel konnte sie nicht verstehen. »Ich dachte, wir trinken noch alle zusammen Tee im Salon.«

»Entschuldigen Sie mich bitte für heute Abend. Ich bin müde, Mr. Gamblin.« Rana nickte ihm kühl zu, dann schritt sie hochaufgerichtet hinaus.

»Verflixt«, brummte Trent. »Was ist denn in die gefahren? Was zum Teufel ...«

»Trent, sei nicht so grob«, unterbrach ihn Ruby. »Warte! Was machst du? Wohin ...?«

Er hörte nicht auf die aufgeregten Worte seiner Tante, sondern stand auf, warf die Serviette auf den Tisch und verließ den Raum ebenso eilig wie kurz zuvor Miss Ramsey. Seine langen Beine waren schneller als ihre. Gerade als sie die Treppe erreicht hatte, holte er sie ein.

»Miss Ramsey!« Seine Stimme klang laut und streng. Rana hielt inne, den Fuß schon auf der zweiten Stufe, und drehte sich um.

Bevor sie es verhindern konnte, hatte Trent ihre

rechte Hand fest in seine genommen. »Sie haben mir keine Gelegenheit gegeben, Ihnen zu sagen, wie sehr ich mich über Ihre reizende Gesellschaft freue.« Obwohl er sich ärgerte, klang seine Stimme samtweich. Keine Frau ließ Trent Gamblin einfach sitzen. »Ich bin entzückt, Miss Ramsey.« Er hob ihre Hand an die Lippen und drückte einen Kuß darauf.

Rana hielt den Atem an. Ein Schauer lief ihr über den Rücken. Sie entriß Trent die Hand, sagte frostig gute Nacht und hastete die Treppe hinauf.

Bei seiner Rückkehr ins Eßzimmer lächelte Trent immer noch.

»Ich mag diesen Ausdruck von Schadenfreude nicht auf deinem Gesicht, Trent«, bemerkte Ruby kühl und sah ihren Neffen vorwurfsvoll an.

Er kehrte auf seinen Platz zurück und schenkte sich noch eine Tasse Kaffee aus der silbernen Kanne ein. »Miss Ramsey verhält sich vielleicht wie eine alte Jungfer, aber sie ist immer noch ein weibliches Wesen.«

»Ich hoffe, du erlaubst dir keine Ungehörigkeit und behandelst sie mit dem nötigen Respekt. Sie ist ein liebes Mädchen, aber sehr bedacht darauf, ihre Privatsphäre zu schützen. In all diesen Monaten hat sie nichts von sich persönlich erzählt. Ich vermute, daß sie eine traurige Geschichte hinter sich hat. Bitte provoziere sie nicht.«

»Ich denke nicht daran.« Trent lächelte, wirkte jedoch alles andere als aufrichtig.

Es war nicht Rubys Art, die Ernsthaftigkeit ihres vergötterten Neffen zu hinterfragen. So wechselte sie einfach das Thema und sagte: »Gut. So, jetzt sei ein Schatz und komm mit mir in die Küche. Während ich abwasche, möchte ich alles über dein Leben erfahren.«

»Auch die nicht jugendfreien Dinge?« Sie kicherte

und nahm sein Kinn zwischen ihre Finger. »Die zu allererst ...«

Trent folgte seiner Tante in die Küche, in Gedanken war er jedoch immer noch bei Miss Ramsey. Wie hieß sie bloß mit Vornamen? Trotz ihres schäbigen, sackartigen Kleides hatte er bemerkt, daß sie sich erstaunlich grazil und geschmeidig bewegte. Ihre Haltung war sehr aufrecht. Die Hand, die er so arrogant geküßt hatte, war nicht manikürt, aber zart und feingliedrig. Aus irgendeinem Grund hatte er ihre Haut trotz des schwachen Farb- und Terpentingeruchs sehr gern geküßt.

Oben im Schlafzimmer ihres Apartments zog sich Rana aus. Während der letzten sechs Monate hatte sie es vermieden, in den Spiegel zu schauen, doch jetzt betrachtete sie sich zum erstenmal wieder von oben bis unten. Der große Drehspiegel stand in einer Ecke des holzgetäfelten Zimmers, so daß sie sich in voller Größe sehen konnte.

Als sie New York verließ, war sie so schlank gewesen, daß man es schon fast hätte mager nennen können. Bei knapp einem Meter achtzig hatte sie fünfzig Kilo gewogen. Dank Rubys Kochkünsten und ihrem ständigen Zureden hatte Rana zugenommen.

Gemessen an normalen Maßstäben war sie immer noch dünn, in ihren eigenen Augen kam sie sich jedoch ziemlich mollig vor. Ihre Hüftknochen traten nicht mehr so scharf hervor, und ihre Brüste waren runder und weicher geworden. Sie wirkte nicht mehr so knabenhaft, sondern sehr feminin.

Auch ihr Gesicht hatte sich verändert. Die legendären Wangenknochen, die für die bekanntesten Modemagazine der Welt abgelichtet worden waren, traten nicht mehr so scharf hervor. Das machte ihre Gesichtszüge weicher.

Sie nahm die unnütze Brille ab. Diese topasgrünen Augen hatten einmal unzählige Frauen auf der ganzen Welt dazu animiert, Lidschatten mit so illustren Namen wie Saharagold oder Feengrün zu kaufen.

Kunstvoll geschminkt, hatten Ranas mandelförmige Augen tatsächlich eine ganz außergewöhnliche Ausstrahlung. Selbst ohne Make-up wirkten sie geheimnisvoll und verführerisch. Zu verführerisch. Sehr charakteristisch. Aus diesem Grund mußte Rana sie hinter getönten Brillengläsern verbergen, wenn sie ihre Identität geheimhalten wollte.

Sie zwang sich zu lächeln. Ihre Zähne waren ebenmäßig und schimmerten weiß.

Sie griff nach der Haarbürste und strich das lange Haar aus dem Gesicht. Dann schüttelte sie den Kopf so, wie man es ihr beigebracht hatte. Da war er – der Rana-Look. Dichtes dunkelrotes Haar umrahmte ein exotisch schönes Gesicht. Sicher, der Spiegel zeigte eine sehr abgeschwächte Version, aber das genügte, um all die schmerzhaften Erinnerungen heraufzubeschwören.

Selbst jetzt spürte sie noch die nikotinverfärbten Finger des Agenten an ihrem Kinn, wie sie ihren Kopf in alle Richtungen drehten und verrenkten. »Sie sieht einfach zu … zu exotisch aus, Mrs. Ramsey. Sie ist hübsch, aber … fremdartig. Ja, genau! Sie sieht nicht amerikanisch genug aus.«

»Sie haben doch schon jede Menge Models, die amerikanisch aussehen«, hatte Susan Ramsey abschätzig erwidert. »Meine Rana ist anders. Das macht sie so unbezahlbar.«

Niemand, nicht der widerliche Agent, nicht der gähnende Fotograf und erst recht nicht ihre Mutter bemerkten Ranas leises Stöhnen. Sie hatte entsetzlichen Hunger. In ihrer Phantasie erschien ein Hamburger, und das Wasser lief ihr im Mund zusammen.

Aber es hatte keinen Sinn, sich selbst zu quälen. Wenn sie Glück hatte, würde man ihr einen einfachen grünen Salat mit kalorienarmem Dressing erlauben – wenn man ihr überhaupt ein Mittagessen zugestand.

»Es tut mir leid«, erklärte der Agent, raffte alle glänzenden großformatigen Fotos von Rana zusammen und gab sie Susan Ramsey zurück. »Sie ist ein hübsches Mädchen, aber nichts für uns. Haben Sie's schon bei Ford versucht? Eileen hat schon die ausgefallensten Typen engagiert.«

Susan stopfte die Fotos in eine große Mappe, packte Rana fest am Arm und stolzierte mit ihr aus der Agentur. Im Aufzug strich sie den Namen des Agenten von ihrer langen Liste. »Mach dir keine Sorgen, Rana. Nicht jeder in New York kann so dumm und so blind sein. Stell dich bitte gerade hin. Und würdest du beim nächsten Mal bitte versuchen, ein wenig öfter zu lächeln!«

»Ich kann nicht mehr, Mutter. Ich fühle mich schon ganz schwach vor Hunger. Ich hatte nur eine Scheibe Toast und eine halbe Grapefruit zum Frühstück. Wir sind schon kilometerweit gelaufen. Meine Füße tun mir weh. Können wir uns nicht irgendwo hinsetzen und etwas essen?«

»Nur noch ein paar Interviews«, entgegnete Susan geistesabwesend, während sie die restlichen Namen auf der Liste studierte.

»Aber ich bin müde.«

Als der Aufzug das Erdgeschoß erreicht hatte, schob Susan ihre Tochter hinaus. »Du denkst wirklich nur an dich, Rana. Ich habe dich aus dieser unglücklichen Ehe rausgeholt. Ich habe mein Haus verkauft, um dich nach New York zu bringen. Ich opfere mich für deine Karriere auf. Und was ist der Dank dafür? Du jammerst mir ständig was vor.«

Rana sagte nicht, was sie dachte. Die Model-Idee stammte von ihrer Mutter, nicht von ihr, es war Susans Wunsch gewesen, das Haus in Des Moines zu verkaufen und nach New York zu ziehen. Und ihre Ehe war zerbrochen, weil sich Susan dauernd eingemischt hatte.

»Unser nächster Termin ist in einer Viertelstunde. Wenn du aufhörst, so herumzutrödeln, sind wir fünf Minuten früher da. Dann hast du noch Zeit genug, dein Make-up aufzufrischen. Daß du auch nie lernst, wann sich ein Lächeln oder ein verführerischer Blick auszahlt. Einer dieser Agenten muß doch erkennen, was in dir steckt!«

Dieser Agent war schließlich Morey Fletcher gewesen. Sein Büro gehörte nicht zu den renommierteren Agenturen. Er hatte Übergewicht, eine beginnende Glatze und wirkte schlampig und mürrisch. Sein Name stand ganz unten auf Susans Liste.

Aber er sah an der Mutter vorbei auf das neunzehnjährige Mädchen im Hintergrund. Sein Magen krampfte sich zusammen, und das lag nicht an dem Corned-beef-Sandwich, das er sich aus dem Feinkostladen an der Ecke hatte holen lassen. Wenn schon ein übersättigter Profi wie er von diesem Gesicht und diesen Augen fasziniert war, dann würden das auch andere, bedeutendere Leute sein.

»Setzen Sie sich, Miss Ramsey.« Er bot zuerst dem Mädchen einen Stuhl an. Überrascht sank Rana darauf nieder und streifte sogleich die Schuhe ab. Fletcher lächelte, und Rana erwiderte sein Lächeln.

Innerhalb von zwei Tagen war der Vertrag ausgearbeitet, wiederholt von Susan überprüft und endlich unterzeichnet. Das war der Anfang. Allein der Gedanke an die darauf folgenden Monate machte Rana krank.

Sie ließ die Schultern hängen. Sie senkte den Kopf, und ihr Haar fiel wieder über die klassischen Wangenknochen.

Dann zog sie ein abgetragenes T-Shirt zum Schlafen an und trat ans Fenster. Wenn sie genau hinhörte, konnte sie das Rauschen der Wellen vom Golf von Mexiko nur ein paar Häuserblocks entfernt vernehmen. Zikaden und Grillen zirpten ihr schrilles Konzert in den Ästen.

Immer noch klangen diese Geräusche neu und fremdartig für Rana. Sie waren so ganz anders als der Großstadtlärm, der bis zu ihrem Fenster des Apartments im zweiunddreißigsten Stockwerk an der Upper East Side gedrungen war. Und das schlicht möblierte Schlafzimmer in Rubys Pension gefiel ihr viel besser als das nüchterne, moderne Apartment in New York. Rana schätzte die ruhige, friedliche und von einem kühlen Profi eingerichtete alte Villa wesentlich mehr.

Nur daß sie an diesem Abend alles andere als Ruhe und Frieden empfand.

Wie unruhig und nervös sie wirklich war, bemerkte sie allerdings erst, als sie zwischen die kühlen Laken schlüpfte. Der Schlaf wollte nicht kommen. Immer wieder kehrten ihre Gedanken zu dem Mann zurück, der nun so nahe bei ihr wohnen und schlafen würde, nur ein paar Meter von ihr entfernt am anderen Ende des Flurs. Er entsprach so sehr dem Bild des typischen Machos, daß man hätte lachen können. Seltsamerweise jedoch war es Rana überhaupt nicht zum Lachen zumute.

Einerseits fühlte sie sich erleichtert – er hatte sie nicht erkannt. Natürlich beschränkte sich seine Lektüre hauptsächlich auf Sportzeitschriften. Die *Vogue* hatte er wahrscheinlich nie gelesen. Miss Ramsey sah auch kaum einem der Models der Kosmetikbranche im Werbefernsehen ähnlich. Und niemand würde erwarten, daß sich die weltbekannte Rana in einer schäbigen Pension in Galveston, Texas, aufhielt.

Was war ihm bloß eingefallen, ihre Hand zu küssen? Das hatte er aus reinem Übermut heraus getan. Wie konnte sie nur unter demselben Dach mit einem Mann leben, der so von sich eingenommen war?

Sie würde ihn einfach ignorieren, entschied sie.

Aber schon lauschte Rana auf seine Schritte draußen im Treppenhaus und fragte sich, was er wohl gerade machte. Wütend auf sich selbst zerdrückte sie ihr Kopfkissen und verbannte Trent Gamblin aus ihren Gedanken. Aber noch beim Einschlafen sah sie sein Lächeln vor sich und sein gutgeschnittenes Gesicht.

Und auf ihrem Handrücken spürte sie noch die Wärme seiner Lippen.

2

Rana wäre fast auf Trent draufgetreten, als sie am nächsten Morgen aus ihrem Zimmer kam. Trent lag auf dem Boden und machte Liegestütze.

»Oh!« Rana preßte beide Hände gegen ihr plötzlich heftig klopfendes Herz.

Er sprang auf. »Guten Morgen!« sagte er und sah sie fröhlich an.

Ihr erster Impuls war, zurück in die Sicherheit ihres Apartments zu fliehen und die Tür hinter sich zuzuschlagen, damit sie gar nicht erst in die Versuchung kam, sich am Anblick seines nackten Körpers zu erfreuen.

Das heißt, er war nicht wirklich nackt, aber er hätte es genausogut sein können. Das einzige Kleidungsstück, das er trug, waren dünne, äußerst knapp sitzende Jogging-Shorts, die kaum das Gebot der Schicklichkeit erfüllten.

Sein Körper war aufregend männlich und von verheißungsvoller Perfektion, wie Rana feststellte, als sie schnell ihren Blick über ihn wandern ließ, obwohl sie sich untersagt hatte, tiefer als bis zu seinem Nabel zu schauen. Aber sie hatte einfach nicht widerstehen können.

Entsprechend atemlos klang ihr »Guten Morgen«. Um Himmels willen, sieh endlich woanders hin!, befahl sie sich.

Auf der Türschwelle zu seinem Apartment standen Trents Turnschuhe. An der Türklinke hingen zwei weiße Sportsocken. Durch die offene Tür konnte Rana in den Raum hineinsehen. Im Zimmer herrschte ein einziges Durcheinander. Kleidungsstücke lagen überall herum oder quollen aus halbgeöffneten Koffern. Im ganzen Raum verstreut standen große und kleine Kartons.

»Machen Sie Ihre Morgengymnastik?« fragte Rana lahm. Etwas Besseres fiel ihr nicht ein.

»Ja, ich bin schon am Strand gejoggt. Das war toll!«

Kleine Schweißperlen hatten sich auf seiner Haut gebildet. Er hob den Arm und wischte sich die Stirn. Auf seiner Brust kräuselten sich dunkle Haare. Rana wandte den Blick ab.

»Ist Ihre ... Ihre Schulter ... Ich meine, sind Liegestütze gut für Ihre Schulter?« Ihr Herz klopfte unregelmäßig. Sie steckte die Hände tief in die Taschen ihrer ausgebeulten grauen Gabardinehose.

»Sie tut mir nicht weh. Dabei werden andere Muskeln beansprucht.«

»Ich verstehe.«

»Wirklich?«

»Nun, ich meine, Liegestütze sind gut für die Arm- und Brustmuskulatur, oder?«

»Richtig«, gab er zurück. »Die Brustmuskulatur. Haben Sie das auch schon mal versucht?«

»Nein. Meine ... meine ...« Trent grinste breit. »Ich laufe manchmal«, fügte sie schnell hinzu.

»Dann kommen Sie doch morgen früh mit mir zum Strand.«

»Ich glaube kaum, daß ich dazu Lust habe.« Rana zwängte sich an ihm vorbei. »Also, bis dann.«

»Entschuldigen Sie, daß ich mein Training auf dem Flur mache. Aber in meinem Apartment ist kein Platz. Ich habe noch nicht ausgepackt.«

»Ich wollte gerade in die Küche. Auf Wiedersehen, schönen Tag.«

»Miss Ramsey?«

»Hm?« Höflich, wenn auch unklugerweise und mit klopfendem Herzen, wandte sie ihm das Gesicht zu. Sie stand nun so nahe bei ihm, daß sie seinen Geruch nach Strand und salziger Seeluft wahrnehmen konnte. Es war alles andere als unangenehm.

»Wissen Sie eigentlich, wie man Liegestütze richtig macht?« fragte er.

»Keine Ahnung.«

»Um aus der Übung so viel wie möglich herauszuholen, mache ich sie am liebsten mit einem Partner, der sich auf meinen Rücken legt.«

Rana starrte ihn groß an. »Auf Ihren Rücken?«

Trent lehnte sich an die Wand und verschränkte die Arme über der Brust. Rana konnte den Blick nicht von seinen starken Muskeln abwenden. Seine Haut kühlte langsam ab, und seine Brustwarzen hatten sich aufgerichtet. Wieder hatte Rana das Gefühl, verbotenes Terrain zu betreten, und schlug die Augen nieder.

»Ja. Damit sich das Gewicht vergrößert.«

»Und dann müssen die Muskeln mehr arbeiten?«

»Genau. Nun, ich habe gedacht, ob Sie wohl ...« Er legte den Kopf schräg, und seine braunen Augen funkelten vergnügt. »Nein, wahrscheinlich nicht.« Er seufzte. »Vergessen Sie's.«

Ranas Wangen waren rot geworden. Zuerst vor Verlegenheit, dann vor Wut, als er sie provozierend angrinste. »Wie ich schon sagte, ich war gerade auf dem Weg in die Küche.« Abrupt drehte sie ihm den Rücken zu.

Arroganter Idiot! Sein Lachen verfolgte sie durchs Treppenhaus. Sollte er doch nackt durch die Gegend laufen und sich die Glieder verrenken, wenn er unbedingt wollte! Rana verwünschte ihn, ihre Hände jedoch zitterten, als sie ein Glas aus dem Schrank holte und sich eisgekühltes Mineralwasser einschenkte.

In ihr Apartment würde sie nicht zurückgehen. Auf keinen Fall wollte sie Trent noch einmal begegnen. So setzte sie sich an den kleinen Tisch in Rubys gemütlicher Küche, holte sich Block und Bleistift vom Bord, auf dem das Telefon stand, um mit einigen Ideen zu spielen, die sie seit geraumer Zeit im Kopf hatte. Paradiesvögel auf einem hellen, lavendelblauen Hintergrund? Ein purpurroter Hibiskus auf dem Rücken eines ärmellosen T-Shirts? Oder lieber ein abstraktes Design in Orange, Schwarz und Türkis?

»Brainstorming?«

Erschrocken ließ Rana den Bleistift fallen und hätte dabei beinahe das Glas Wasser umgestoßen. »Mir wäre es lieb, wenn Sie sich nicht so an mich heranschleichen«, fuhr sie Trent an.

»Tut mir leid. Ich habe gedacht, Sie hätten mich gehört. Wahrscheinlich waren sie zu tief in Ihre Gedanken versunken«, erwiderte er.

Sie warf einen anklagenden Blick auf seine nackten Füße. »Wenn Sie Schuhe tragen würden, könnte ich Sie vielleicht hören.«

»Ich habe eine Blase am kleinen Zeh. Die ist heute morgen aufgegangen. Brennt wie Feuer.«

Wenn er ihr Mitgefühl erwartete, dann konnte er eine Enttäuschung erleben!

Sie wollte ihn fragen, warum er es für nötig hielt, halbnackt durchs Haus zu laufen, aber irgendwie brachte sie es nicht fertig. Außerdem wollte sie gar nicht, daß er dachte, sie hätte ihn eingehender betrachtet. Er hatte sich zwar inzwischen umgezogen, aber dennoch nicht viel mehr an Kleidung angelegt.

Er trug eine abgeschnittene Jeans, die mindestens ebenso eng saß wie die Shorts von vorhin, dazu ein ärmelloses T-Shirt mit dem Aufdruck ›Houston Mustang‹, das auch viel zu kurz und zu knapp war und ein breites Stück von seinem Bauch freiließ.

Immer wieder wanderte Ranas Blick zu diesem Stück brauner Haut, und sie fragte sich, was um Himmels willen so aufregend daran sein sollte.

»Ist Tantchen irgendwo?«

Rana sah auf und zeigte auf einen Zettel an der Küchenschranktür, der mit einem Magneten in Form eines Kohlkopfs festgemacht war. »Sie ist für eine Weile außer Haus.«

»Hm.« Trent runzelte die Stirn. »Sie sagte, sie hat hier irgendwo Fruchtsaft für mich. Haben Sie eine Idee, wo?« Hoffnungsvoll sah er sie an.

»Schauen Sie doch mal im Kühlschrank nach!«

Er öffnete die Tür und überflog den Inhalt.

»Milch, eine Flasche Chablis, Diätlimo«, zählte er auf und warf ihr über die Schulter hinweg einen Blick zu. »Und irgend etwas Undefinierbares in einem braunen Topf.«

»Das ist Schmalz.«

»Ich glaube kaum, daß das meinen Durst löscht.«

Sein Auftauchen in der Küche hatte Rana endgültig aus der Ruhe gebracht. An Weiterarbeiten war nicht zu denken. Mit einem Seufzer stand sie auf – einem Seufzer, der nicht zu überhören war! – und sagte:

»Manchmal verwahrt Ihre Tante Vorräte draußen.« Sie ging ihm durch die Tür voraus auf die überdachte hintere Veranda.

»Ob Sie's glauben oder nicht – hier habe ich oft geschlafen!« rief Trent aus.

»Wirklich?«

»In unzähligen Sommernächten, wenn ich mit meiner Mutter zu Besuch bei Tante Ruby war.«

Rana gab sich uninteressiert, obwohl ihr das Bild eines unbekümmerten kleinen Jungen mit dunklen Haaren und aufgeschürften Knien nicht aus dem Kopf gehen wollte. »Und Ihr Vater?«

»Er kam bei einem Flugzeugabsturz ums Leben. Ich kann mich nicht mehr an ihn erinnern. Mutter hat nicht wieder geheiratet. Sie starb vor zwei Jahren.«

Er war also allein auf der Welt wie sie, aber sie konnte keine Anteilnahme für ihn in sich zulassen. Sie konnte überhaupt kein Gefühl für ihn zulassen, besonders jetzt, da der Strandgeruch verflogen war und er nach Seife und Rasierwasser duftete.

Sie durchsuchte den Vorratsschrank, wo Ruby alles aufbewahrte – von Toilettenpapier und Spülmitteln bis hin zu hausgemachter Marmelade. Auf einem Regal entdeckte sie einen Stapel Dosen mit Fruchtsaft. »Apfel, Grapefruit oder Orange?« fragte sie.

»Orange.«

Trent füllte den ganzen Türrahmen zwischen Rana und der Küche aus. Seine Beine waren lang und schlank, aber sehr muskulös. Ranas Blick wanderte über seine starken Arme zu seinen Händen. Auf seinem rechten Ellbogen erblickte sie eine Narbe. Wahrscheinlich hatte er sich die bei einem Footballspiel eingehandelt, dachte sie.

»Entschuldigen Sie.« Sie griff nach der Türklinke. Trent drückte sich gegen den Türrahmen und ließ sie vorbei. Rana trug den Orangensaft in die Küche.

»Ich hoffe, Sie haben gut aufgepaßt, damit Sie beim nächsten Mal wissen, wo alles ist.«

»Sie hatten wie immer meine ungeteilte Aufmerksamkeit, liebe Miss Ramsey!«

Rana zog es vor, diese Bemerkung zu ignorieren. Sie holte den Dosenöffner aus der Schublade, öffnete die Dose und schenkte ihm ein Glas Orangensaft ein. »Hier.« Sie reichte ihm das Glas.

»Danke.« Er zwinkerte ihr zu. Dann hob er das Glas an die Lippen, legte den Kopf zurück und trank in großen, durstigen Schlucken. Rana beobachtete seinen Adamsapfel, der sich hob und senkte.

»Mehr bitte.« Trent hielt ihr das leere Glas hin, und Rana füllte es automatisch nach. Er stürzte den Saft genauso schnell hinunter wie das erste Mal und leckte sich die Lippen. »Das hat gutgetan. So, jetzt kann ich langsamer trinken.«

»Wollen Sie etwa noch mehr?« fragte sie ungläubig, als er ihr das leere Glas entgegenstreckte.

Sein Blick schien ihre getönte Brille zu durchdringen. »Manchmal bin ich eben unersättlich, Miss Ramsey«, antwortete er und blickte dabei auf ihren Mund.

»Hallo, Ruby!«

Rana fuhr hoch. Das war die muntere Stimme des Briefträgers. Er hatte sich angewöhnt, jeden Tag mit Ruby zu plaudern, wenn er die Post brachte. Wäre Ruby zwanzig Jahre jünger gewesen, hätte Rana behauptet, sie würden miteinander flirten. Vielleicht war's ja auch so, trotz Rubys Alter.

Sie stellte den Fruchtsaft auf den Tisch. »Bedienen Sie sich, Mr. Gamblin. Nur herein, Mr. Felton«, rief sie dem Briefträger zu und eilte ihm entgegen. »Ruby ist nicht daheim. Du liebe Güte, ist das viel heute!«

»Das meiste sind Rechnungen. Und ein paar Illustrierte. Haben Sie alles? Richten Sie Ruby bitte einen Gruß von mir aus.«

»Ja, mach' ich.«

Rana kehrte mit der Post in die Küche zurück und

ließ alles auf den Tisch fallen. Als sie die Briefe durchschaute, ob irgend etwas für sie dabei wäre, stellte sich Trent dicht hinter sie.

Es war ihm schon fast zur zweiten Natur geworden, Miss Ramsey zu beobachten und zu analysieren. Sie war so anders als alle Frauen, die er kannte. Er hatte noch nie so häßliche Kleider gesehen, wie die, die sie heute trug. Ihre weite Hose, in die zwei Frauen ihrer Größe hineingepaßt hätten, war in der Taille mit einem praktischen Ledergürtel zusammengebunden. Auf einem Kriegsschiff hätte man ein so derbes Kleidungsstück gerade noch tolerieren können – aber hier?

Wenn diese Miss Ramsey überhaupt einen Po hatte, konnte man den nur erahnen. Auch die Form ihrer Beine blieb ein Geheimnis. Und nicht einmal für die Lumpensammlung hätte man dieses farbbekleckste Männerhemd noch geben können.

Rana hatte die Ärmel aufgerollt, aber darüber trug sie eine unförmige Strickjacke, die bis zur Hüfte reichte. Ihr Busen war völlig versteckt. Trent verging fast vor Neugier, wie ihre Brüste wohl aussehen mochten.

Er sah hinunter auf Ranas Scheitel. Sie hatte sich nicht die Mühe gemacht, das Haar irgendwie in Form zu bringen. Es hing gerade über ihren Rücken, gepflegt zwar, aber ansonsten völlig langweilig. Es duftete. Trent mochte den blumigen Duft ihres Shampoos. Oder kam er vielleicht von ihrem Badezusatz?

Der Gedanke an Miss Ramsey im Schaumbad war einfach absurd. Aber alle Frauen, so hausbacken sie auch sein mochten, liebten irgendeine Art von weiblichem Luxus, oder etwa nicht? fragte er sich. Bestimmt nahm sie manchmal ein Schaumbad. Ganz sicher.

Aber was zog sie danach an? Hauchfeine Spitzenunterwäsche, so zart wie Spinnweben? Irgendwie konnte er sie sich nicht in frivoler oder phantasievoller Wäsche vorstellen. Wahrscheinlich bevorzugte sie Baumwollhosen und -hemden, die alles züchtig bedeckten.

Warum zum Teufel machte er sich Gedanken über Miss Ramseys Unterwäsche? Stand er wirklich hier und phantasierte über ihre Dessous? Großer Gott, vielleicht brauchte er dringender eine Frau, als er gedacht hatte. Womöglich war sein Körper schon ganz ausgehungert und hatte gerade einen Hilferuf an sein Gehirn geschickt. Vielleicht sollte er Tom anrufen, damit er ihm ein Häschen schickte. Unverzüglich. Per Eilboten.

Nein, nein, dachte er und verwarf diese Idee auf der Stelle. Zum Teufel! Gerade aus dem Grund hatte er Houston verlassen! Mit all dem wollte er doch nichts mehr zu tun haben. Er hatte zu viele Nächte durchgefeiert. Für die nächsten Wochen würde er Frauen einzig und allein in seiner Phantasie an sich rankommen lassen. Und Miss Ramsey war hier die einzige Frau in seinem Alter. Seine Auswahl war begrenzt, warum sollte er also nicht seine Phantasien um sie kreisen lassen? Dabei konnte doch nichts passieren.

Trent zweifelte nicht an ihrer Weiblichkeit, auch wenn sie so zugänglich wirkte wie ein Stacheldrahtzaun. Die Verwirrung war ihr deutlich ins Gesicht geschrieben, als sie auf den Flur getreten war und ihn bei seinen morgendlichen Übungen überrascht hatte.

Natürlich hätte er sein Zimmer so aufräumen können, daß er Platz für seine Liegestütze gehabt hätte. Aber aus irgendeinem Grund hatte es ihn gereizt, nach draußen auf den Flur zu gehen. Und dann hatte er gehofft, sie würde vorbeikommen. Wahrscheinlich hatte das arme Ding noch nie einen Mann, der so gut wie nackt war, aus der Nähe gesehen.

Wußte sie überhaupt, wie ein männlicher Körper

roch? Wohl nicht bis zu diesem Morgen. Bestimmt hatte er sie in Verlegenheit gebracht. Jetzt noch mußte Trent das Lachen unterdrücken, wenn er an ihr erschrockenes Gesicht dachte. Aber was sie sah, hatte ihr gefallen. Dafür würde er seinen Ruf als Casanova verwetten.

»Irgendwas für mich dabei?« Sein Atem streifte ihre Haare. Erst da bemerkte Rana, wie nah er ihr war.

»Nein«, erwiderte sie und sortierte eilig die Briefumschläge. Dann warf sie die Post zurück auf den Tisch. In dem Moment öffnete sich eine von Rubys Modezeitschriften.

Rana hielt den Atem an.

Da war sie, geheimnisvoll und erotisch, ausgestreckt auf einem weißen Laken. Ihr mahagonifarbenes Haar breitete sich wie ein Fächer um ihren Kopf aus. Der Friseur und der Fotograf hatten fast eine Stunde benötigt, bis sie es so arrangiert hatten, daß es ihnen gefiel.

Ihre Wangenknochen traten stark hervor, und ihre Augen schimmerten verführerisch. Ihre vollen Lippen waren leicht und einladend geöffnet.

Sie trug ihr Markenzeichen Weiß. Das war Moreys Idee gewesen, diese Anzeige für Unterwäsche war nur unter dieser Bedingung zustande gekommen.

»Rana trägt nur Weiß«, hatte er der Werbeagentur erklärt. Aber da man sie unbedingt als Model hatte haben wollen, hatte man jede Bedingung und das astronomische Honorar akzeptiert.

Auf der Anzeige hatte Rana ein Knie herausfordernd angezogen. Sie hatte damals einen blauen Fleck am Bein gehabt, von der Taxitür, an der sie sich tags zuvor gestoßen hatte. Ihren Maskenbildner hatte es einige Mühe gekostet, ihn abzudecken, und schließlich hatte ihr Bein ausgesehen wie poliert.

Wenn man das Bild betrachtete, meinte man ihre seidige, olivfarbene Haut zu spüren. Der Bikinislip saß knapp unter ihren berühmten Hüftknochen. Auf dem Bild wurde das Top von der Hand eines Mannes bis zu ihrer Brust hochgeschoben.

Den Mann selbst sah man nicht, er hatte sich außerhalb des Kamerabereichs befunden – kein Wunder, denn er hatte ein Gesicht wie ein Pfannkuchen, aber die Hände eines Poeten. Er verdiente seinen Lebensunterhalt damit, daß er diese traumhaft schönen Hände in der Werbung verkaufte.

Die Anzeige trug die Unterschrift: Weiches war noch nie so weich.

Es war ziemlich kalt gewesen im Studio. Ranas Brustwarzen hatten sich aufgerichtet und sich unter dem dünnen Baumwollstoff deutlich abgezeichnet. Der Mann von der Werbeagentur war ganz hingerissen gewesen von diesem Effekt, denn sein Auftraggeber hatte eine erotische Werbung haben wollen, keinen plumpen Sex.

Der Fotograf war nur am richtigen Licht und an der Bildschärfe interessiert gewesen; seine Assistentin jedoch hatte dumme Witze darüber gerissen, daß dieser Effekt wohl eher daher rührte, daß das männliche Model immer dann, wenn keiner hinschaute, an Ranas Busen herumspielte.

Susan Ramsey, Ranas Mutter, hatte daraufhin beleidigt reagiert und der jungen Frau vorgeworfen, schmutzige Gedanken zu haben.

Da die Assistentin aber gleichzeitig auch die Geliebte des Fotografen war, hatte der sich nun beleidigt gefühlt und Susan gedroht, sie rausschmeißen zu lassen, falls sie nicht endlich den Mund hielte.

Und die ganze Zeit über hatte Rana dagelegen,

gelangweilt, müde, mit einem Rücken, der von der unbequemen Position höllisch weh tat, und von fürchterlichem Hunger gequält.

»Hübsch.«

Die tiefe, männliche Stimme klang dicht an ihrem Ohr und brachte Rana in die Gegenwart zurück. Schnell schlug sie die Zeitschrift zu.

»Was ist los? Mögen Sie so was nicht?« Trent amüsierte sich offensichtlich über ihre prüde Reaktion auf die erotische Anzeige.

»Ja ... nein ... Ich muß zurück an die Arbeit.« Sie schob sich rasch an ihm vorbei und floh die Treppe hinauf. In ihrem Apartment knallte sie die Tür zu und lehnte sich schweratmend dagegen. Würde er jetzt hinter ihr herkommen, triumphierend die Illustrierte schwenken und sich diebisch darüber freuen, daß er sie erkannt hatte?

Dann erschien ihr auf einmal ihre Furcht vor Entdeckung lächerlich. Wie sollte Trent oder irgend jemand anderer sie auf dieser Anzeige erkennen? Miss Ramsey paßte zu dem Model auf dem Bild wie die Hand ihres männlichen Partners zu dessen Gesicht. Es gab einfach keine Ähnlichkeit zwischen den beiden.

Entschlossen stieß sich Rana von der Tür ab und setzte sich wieder an den Tisch, um an dem Wickelrock, den sie gerade bemalte, weiterzuarbeiten. Es schien ihr Jahrhunderte zurückzuliegen, daß sie beschlossen hatte, eine kleine Pause zu machen.

Sie war zweimal aus der Fassung gebracht worden. Zuerst durch Trent Gamblins Anblick bei seiner Morgengymnastik, dann durch ihr eigenes Bild in dem Modemagazin.

Seit sechs Monaten hatte sie ihr zurückgezogenes Leben ohne Angst vor Entdeckung geführt. Als sie

Morey und ihrer Mutter die neue Anschrift mitgeteilt hatte, hatte sie die beiden gewarnt, sie wegen der Rückkehr nach New York zu bedrängen. Sonst würde sie wieder untertauchen und dann keine Spuren hinterlassen.

Nun, mit Trent unter einem Dach, hatte sie plötzlich Angst vor Entdeckung. Er war in ihre Privatsphäre eingedrungen. Rubys Eitelkeit hinderte sie daran, eine Brille zu tragen, obwohl ihr Sehvermögen nicht mehr allzu gut war. So hatte sie trotz ihrer Leidenschaft für Modezeitschriften noch nie ihre langweilige Untermieterin mit der schönen Rana in Verbindung gebracht.

Würde ihr Neffe schlauer sein?

Ranas Überlegungen wurden vom Klingeln des Telefons unterbrochen. Bevor sie den Hörer abnahm, wischte sie sich die Hände an einem Lappen ab.

»Hallo, Barry«, erwiderte sie freudig, als sich der Anrufer mit Namen gemeldet hatte.

»Ich hoffe, du arbeitest viel. Du bist gefragt, Rana.«

»Tatsächlich?« Sie war froh, daß sich ihre Verbindung für ihn als ebenso lukrativ erwies wie für sie selbst. Rana hatte Barry Golden in New York kennengelernt, wo er als Modeberater für ein großes Kaufhaus arbeitete. Er liebte die Modebranche, haßte jedoch die Großstadt. Als er nach dem Tod seines Großvaters in den Besitz eines kleinen Vermögens kam, war er in seine Heimatstadt Houston zurückgekehrt und hatte ein exklusives Modehaus für die wohlhabendere Bevölkerungsschicht eröffnet.

Als Rana New York verließ, hatte er ihr zugesagt, immer für sie da zu sein, sollte sie ihn jemals brauchen. Vor sechs Monaten hatte sie ihn beim Wort genommen. Es war einfach Glück gewesen, daß sie die Pension in Galveston gefunden hatte, aber es war Barry zu verdanken, daß sie überhaupt die Gegend um Houston in Erwägung gezogen hatte.

Ihre Idee von handbemalten Kleidungsstücken hatte seine Phantasie beflügelt, und er hatte voller Enthusiasmus einige ihrer Originale in seinem Geschäft auf Kommission verkauft. Sie waren ganz schnell weggegangen, und die Nachfrage bei seinen Kundinnen war sprunghaft gestiegen.

»Deine Entwürfe sind einfach phantastisch«, erklärte Barry.

Rana lächelte. Sie sah ihn vor sich, wie er an einer seiner schwarzen Zigaretten zog, die er ununterbrochen rauchte. Er war jähzornig, von brutaler Offenheit und manchmal sehr grob. Aber seine Schroffheit richtete sich immer nach dem Grad seiner Zuneigung. Je ausfallender er sich verhielt, desto mehr verehrten ihn seine Kundinnen.

Hinter Barrys rauher Schale hatte Rana einen einfühlsamen Mann entdeckt, dessen Ausbrüche als Verteidigungsmechanismus dienten. Tatsächlich ließ er einen nie im Stich.

»War Mrs. Tupplewhite zufrieden mit ihrem Kleid?«

»Meine Liebe, als sie es gesehen hat, hat sie sich das Kleid, das sie vorher trug, fast vom Leib gerissen. Es war das gräßlichste Kleid, das ich jemals gesehen habe«, erzählte er mit einem Lachen.

»Hast du's an sie verkauft?«

»Natürlich.« Er gackerte. »Vielleicht haben ja einige meiner Kundinnen keinen Geschmack, aber ich bin ja nicht blöd.«

»Hast du deshalb meine Entwürfe in dein Sortiment aufgenommen?«

»Du bist die Ausnahme von jeder Regel, mein Schatz. Du warst das erste Model, dem ich jemals begegnet bin, das nicht in sein eigenes Spiegelbild verliebt war. Du bist ein Engel gewesen während all dieser Modenschauen, die ich organisiert habe. Du hattest keinen Ehrgeiz.«

»Brauchte ich ja auch nicht zu haben«, erwiderte Rana mit einem Seufzer. »Meine Mutter hat Ehrgeiz für zwei.«

»Rana, hör bloß auf mit deiner Mutter! Wenn ich jetzt wieder anfange, mich über sie aufzuregen, höre ich so schnell nicht mehr auf. Aber wie dem auch sei, ich bewundere dich und deine Arbeit. Ich habe schon Schuldgefühle, diese Kunstwerke einfach so zu verkaufen, für schnödes Geld!«

»Jetzt übertreibst du mal wieder.« Rana lachte.

Er seufzte theatralisch. »Ach ja, du kennst mich zu gut. Nun, Schluß damit.« Seine Stimmung schlug abrupt um. »Wann kommst du nach Houston? Wann ist dieser Wickelrock für Mrs. Rutherford fertig? Sie macht mich noch verrückt mit ihren Anrufen.«

»Ende der Woche.«

»Gut. Ich habe vier neue Aufträge für dich.«

»Vier?!«

»Ja, vier, und ich habe die Preise erhöht.«

»Barry! Schon wieder? Ich arbeite doch nicht für Geld. Ich kann von meinen Ersparnissen leben.«

»Mach dich nicht lächerlich. In unserer Gesellschaft arbeitet keiner umsonst. Und bei diesen reichen Damen spielt der Preis sowieso keine Rolle. Je mehr sie ihren Ehemännern auf der Tasche liegen, um so besser. Und jetzt sei ein braves Mädchen und sprich nicht mehr von den Preisen, die ich für deine Entwürfe festsetze. Hältst du dich immer noch an den lächerlichen Vorsatz, dich nie persönlich mit den Kundinnen zu treffen?«

»Ja.«

»Aus dem gleichen Grund?«

»Ja. Es besteht immer noch die Möglichkeit, daß mich jemand erkennt.«

»Na und? Ich wäre hocherfreut. Du weißt, was ich von dieser absurden Maskerade halte.«

»Ich bin so glücklich wie seit Jahren nicht mehr, Barry«, entgegnete Rana weich.

»Na schön, ich will nicht meckern. Aber ich habe noch etwas anderes und Wichtigeres mit dir zu besprechen, wenn du kommst.«

»Und was?« wollte sie wissen.

»Verrat ich dir jetzt noch nicht. Geh lieber wieder an die Arbeit. Mrs. Rutherford wartet auf ihren Rock.« Sie hörte Barry lachen.

»Okay. Ich ... Warte eine Sekunde. Ruby ist an der Tür.« Rana legte den Hörer neben den Apparat und eilte zur Tür. Aber auf der Schwelle wartete nicht Ruby, sondern Trent. Er lehnte träge am Türrahmen.

»Haben Sie ein Pflaster?«

»Ich telefoniere gerade«, entgegnete Rana kurz. Er sah ungemein attraktiv aus, und sie ärgerte sich darüber, daß sie das sofort wahrnahm.

»Mir macht es überhaupt nichts aus, zu warten«, erwiderte er.

Er schob sich vorwärts, und sie hatte keine andere Wahl, als ihn hereinzulassen. Sie konnte ihn nicht mit Gewalt rausschmeißen. Sie warf ihm einen giftigen Blick zu und kehrte ans Telefon zurück.

»Barry, es tut mir leid. Ich muß Schluß machen.«

»Ich auch. Dann bis Ende der Woche, mein Engel.«

»Ja, bis Freitag. Adieu.«

»Wer ist Barry?« fragte Trent neugierig, kaum daß sie den Hörer aufgelegt hatte.

»Das geht Sie nichts an. Was wollten Sie haben?«

»Ihr Freund?«

Wütend sah sie ihn durch die getönten Brillengläser hindurch an und zählte im Geiste bis zehn. »Ja, Barry ist ein Mann, und er ist auch ein Freund, aber nicht auf die Art, wie Sie meinen. Wollten Sie nicht ein Pflaster? Haben Sie mich nicht deswegen gestört?«

»Wirklich kein Liebhaber? Aber Sie treffen ihn doch am Freitag. Ich finde, das hört sich ganz nach einem Rendezvous an«, sagte er.

»Wollen Sie ein Pflaster oder nicht?« Ärgerlich warf Rana das Haar zurück und stemmte die Fäuste in die Seite. Trent konnte die weichen Rundungen ihrer Brüste andeutungsweise unter dem weiten Hemd erkennen. Schöne Brüste. Sehr schöne Brüste.

Er lächelte. »Ja, bitte.«

Sie ging ins Bad und fand eine Schachtel mit Pflastern im Arzneischrank über dem Waschbecken. Sie bekam die Tür nicht gleich auf, rüttelte wütend daran, schließlich gelang es ihr doch, das Schränkchen zu öffnen, und sie nahm ein einzelnes Pflaster heraus. Dann drehte sie sich auf dem Absatz um. Trent stand direkt hinter ihr, und sie rannte förmlich in ihn hinein.

Alles passierte in einem kurzen Augenblick. Doch Rana kam es vor, als sei es eine Ewigkeit.

Unwillkürlich riß sie die Hände hoch und stemmte sie gegen seine Brust. Seine Finger umklammerten ihre Oberarme, um sie festzuhalten. Für einen Moment berührten sich ihre Körper.

Es war, als hätte sie ein elektrischer Schlag getroffen.

Rana preßte ihre Handflächen gegen seine Brust, um sich von ihm wegzustoßen. Trent taumelte einen Schritt zurück. Er fühlte sich so benommen wie damals, als Joe Green in ihn hineingerannt war.

Beide schnappten nach Luft, und ihre Atemzüge waren das einzige Geräusch im Raum.

»Hier ... hier ist das Pflaster.« Mit zitternder Hand streckte sie ihm das Pflaster entgegen.

Er nahm es ihr ab. »Danke.« Ja, sie hatte wirklich zauberhaft weiche Brüste. Und runde Hüften.

Er wandte sich ab, und Rana seufzte erleichtert auf. Aber Trent ging nicht zur Wohnungstür. Statt dessen setzte er sich auf die Sofakante und schlug die Beine übereinander. Er mühte sich mit der Cellophanhülle des Pflasters ab und gab nach ein paar Versuchen auf. »Können Sie das für mich öffnen, bitte?«

»Natürlich.« Rana riß ihm das Pflaster fast aus der Hand. Er sollte so schnell wie möglich verschwinden und ihr Refugium verlassen. Dies hier war ihre Höhle, ihre Zuflucht, und er war ein unerwünschter Eindringling. »Ruby hat sicher auch noch Pflaster«, bemerkte sie in der Hoffnung, er würde die unausgesprochene Aufforderung wahrnehmen.

»Bestimmt. Aber sie ist immer noch nicht zurück. Tut mir leid, wenn ich Sie störe.«

Er störte in der Tat. Seit ihrer Scheidung vor sieben Jahren hatte sie keine Beziehung mehr zu einem Mann gehabt. Männer waren tabu. Ein unnötiges Risiko. Freunde wie Barry und Morey waren in Ordnung. Geschäftliche Verbindungen waren gut, solange sie geschäftlich blieben. Aber nie, nie wieder würde sie sich in einen Mann verlieben, das hatte sie sich geschworen. Sie wollte sich nie mehr so erregen lassen, daß ihre Hände zitterten. So wie sie jetzt zitterten. Ein Reinfall war genug.

»Ich muß arbeiten. Ich habe heute noch nicht viel geschafft.« Und du bist der Grund dafür, fügte sie stumm hinzu.

Trent runzelte die Stirn, nahm das Pflaster und klebte es sorgfältig um seinen kleinen Zeh. »So. Jetzt sollte es nicht schlimmer werden.« Er erhob sich. »Sie arbeiten gut, Ana.«

»Was?« Wie hatte er sie genannt? Er hatte den Namen sogar mit weichem ›a‹ ausgesprochen, wie bei ihrem echten Vornamen.

»Das habe ich direkt beim Reinkommen bemerkt. Sehr interessant.«

Er wies mit dem Kopf auf ihren Arbeitstisch, wo verschiedene Kleidungsstücke ausgebreitet lagen. Dann trat er an den Tisch und betrachtete aufmerksam ihren aktuellen Entwurf, den Rock für Mrs. Rutherford. Ein Schwertlilienmuster erstreckte sich quer vom Saum bis zum Rockbund. Und da, unter einer Ranke, stand halb verborgen ihre Signatur ›Ana‹. Rana und Barry hatten sich darauf als Markenzeichen geeinigt.

»Meine Liebe, eine Signatur wird den Wert der einzelnen Kleidungsstücke erhöhen. Alle Originalkunstwerke müssen signiert sein«, hatte Barry behauptet. Wenn sie mit ›Rana‹ gezeichnet hätte, wäre das einer Schlagzeile im Houston Chronicle gleichgekommen, die ihren Aufenthaltsort hinausposaunt hätte.

»Ich habe mich schon gefragt, wie Sie wohl mit Vornamen heißen«, bemerkte Trend.

Er hatte einen scharfen Blick, daß er so schnell den Namenszug entdeckt hatte. Natürlich mußte er annehmen, daß das ›R‹ für Ramsey stand. Dieser Neffe ihrer Wirtin schien kein Dummkopf zu sein. Rana wußte, daß sie in Zukunft noch vorsichtiger sein mußte.

Als er ihr wieder ins Gesicht sah, mußte sie sich sehr zusammennehmen, um nicht zurückzuweichen.

»Das ist ein sehr hübscher Name.« Er lächelte.

»Danke.« Versuchte er, hinter ihre Brillengläser zu sehen? Sein Blick war ungewöhnlich prüfend und herausfordernd. Er wanderte zu ihrem Mund, und wie schon zuvor fühlte Rana sich leicht schwindlig. »Wenn Sie mich jetzt entschuldigen, Mr. Gamblin …«

»Nennen Sie mich doch einfach Trent. Ich werde Ana zu Ihnen sagen. Immerhin sind wir ja Nachbarn.« Sein Lächeln war ausgesprochen verführerisch und machte ihn nur noch attraktiver. Vielleicht war auch nur das dunkle Haar daran schuld, das ihm wie bei einem kleinen Jungen in die Stirn fiel.

»Wie ich schon sagte, Mr. Gamblin …« Sie betonte seinen Nachnamen. »Ich bin beschäftigt.«

»Kennen Sie die Theorie über zuviel Arbeit und keine Freizeit?« Er steckte die Daumen unter seinen Gürtel. »Ich wollte heute nachmittag ins Kino. Warum kommen Sie nicht einfach mit?«

Einen Moment lang starrte Rana ihn mit offenem Mund an. »Nein, ich kann nicht«, sagte sie schließlich.

»Clint Eastwood. Sie finden ihn doch sicher auch sexy, oder?«

»Ja, doch. Aber ich …«

»Ich spendiere das Popcorn.«

»Nein …«

»Doppelte Portion!«

»Nein, wirklich, ich …«

»Gut. Wenn Sie wollen, kaufe ich auch noch Eiskonfekt.«

»Mr. Gamblin!« rief Rana hilflos aus. Dieses Geschwätz ging ihr auf die Nerven. Sie holte tief Luft. »Sie mögen es sich leisten können, den Tag zu vertrödeln, aber ich nicht. Und jetzt gehen Sie bitte.«

Sein Lächeln erlosch, er straffte sich und preßte die Lippen zusammen. »Nun gut, es tut mir leid. Ich halte Sie keinen Moment länger von der Arbeit ab.«

Mit festen Schritten ging er zur Tür und hob sie beim Öffnen fast aus den Angeln. »Noch mal vielen Dank für das Pflaster«, warf er über die Schulter zurück, bevor er die Tür hinter sich zuknallte.

»Hochnäsige Ziege«, murmelte er auf dem Weg in sein eigenes Apartment, in dem es immer noch aussah wie nach einem Wirbelsturm. Mit lautem Knall warf er die Tür zu, in der Hoffnung, damit Ranas Farbtöpfe zum Überschwappen zu bringen. »Verklemmt, verkorkst, verzogen!« Er schnaubte. »Wer braucht dich schon, Lady?«

Was glaubte sie wohl, wer sie war, ihn herumzukommandieren wie einen unartigen Schuljungen! Ihn einfach hinauszuschicken!

Er bestimmte den Zeitpunkt, wann er eine Frau verließ, und nicht umgekehrt.

»Mr. Gamblin, Mr. Gamblin«, äffte er Rana mit hoher Stimme nach.

Verdammt! Als ob es nicht Strafe genug wäre, die nächsten Wochen im Exil zu leben! Jetzt lebte er auch noch auf einer Etage mit einer Nonne.

»Wahrscheinlich wäre sie beinahe in Ohnmacht gefallen, als ich sie ins Kino eingeladen habe. Wahrscheinlich ...«

Das war's! Schlagartig war ihm alles klar. Sie war noch unschuldig. In ihrem jämmerlichen Leben hatte es noch keinerlei Aufregung gegeben, besonders nicht auf sexuellem Gebiet. Kein Wunder, daß es ein riesiges Defizit in ihrem Liebesleben gab! Und plötzlich erschien er, Trent, ein richtiger Mann! »Groß und gutaussehend«, murmelte er selbstbewußt vor sich hin. Sie hatte keine Ahnung, wie sie sich verhalten sollte, und baute deshalb Schutzwälle um sich herum auf.

Natürlich. Warum hatte er das nicht gleich bemerkt? Sie würde sich nicht so anstellen, wenn er sie kalt ließe, oder? Ganz bestimmt nicht!

Seine Augen funkelten, als er einen Plan ausheckte, der ihre Verteidigung zusammenbrechen lassen würde. Das würde ein Spaß werden! Und eine Herausforderung. Das würde ihn beschäftigen, solange er hier war. Er hatte keine Lust, die ganze Zeit nur Bücher über Football zu studieren.

Den wahren Grund für sein Vorhaben gestand er sich nicht ein. In dem Moment, als ihre weiche Haut ihn berührte, hatte sein Körper augenblicklich reagiert. Es war einfach undenkbar – er, der Prinz der Singlebars und Partys war fasziniert von einer kleinen grauen Maus.

3

»Heute Abend führe ich euch Damen aus. Wir gehen ins Kino«, verkündete Trent, gerade als Ruby Brombeersaft über den Käsekuchen goß.

»Ins Kino! Du lieber Junge, wie schön!«

»Das dachte ich mir«, gab Trent bescheiden zurück. »Clint Eastwood.«

»Ooooh«, hauchte Ruby. »Er ist so sexy, da läuft mir immer eine Gänsehaut über den Rücken.«

»Nimm besser deinen Ausweis mit, Tante. Der Film ist ab sechzehn. Sonst lassen sie dich nicht rein.«

»Oh, du Schlingel!«

Trent lehnte sich lässig im Stuhl zurück und lachte seine Tante an. Aber aus den Augenwinkeln beobachtete er Ana Ramsey. Wie er es erwartet hatte, färbten sich ihre Wangen rot vor Zorn.

»Ich bedanke mich auch, Mr. Gamblin. Aber Sie müssen mich entschuldigen, ich habe zu tun.«

»Sie kommen nicht mit?« Ruby riß entgeistert die Augen auf. »Wie können Sie eine Einladung zu einem Clint-Eastwood-Film ablehnen?«

»Ich muß noch arbeiten. Ich habe heute nicht viel geschafft.« Rana warf Trent einen bezeichnenden Blick zu, den dieser jedoch überhaupt nicht wahrnahm, weil er sich voller Hingabe seinem Käsekuchen widmete.

»Aber abends arbeiten Sie doch nie«, wandte Ruby ein. »Sie selbst haben mir doch erzählt, das Licht sei zu schwach.«

»Ja, das stimmt. Aber heute Abend ist eine Ausnahme, es bleibt mir nichts anderes übrig.«

»Ach kommen Sie schon, Ana. Seien Sie kein Spielverderber«, bat Trent. »Sie bringen mir meine Pläne durcheinander, wenn Sie nicht mitkommen.« Er griff in die Brusttasche seines Hemdes, holte drei Kinokarten heraus und hielt sie hoch. »Ich habe schon die Karten besorgt.«

»Er hat schon die Karten besorgt«, wiederholte Ruby.

»Tut mir leid«, entgegnete Rana unerbittlich. »Er hätte mich vorher fragen müssen. Er braucht sie ja nur zurückzugeben, dann bekommt er sein Geld zurück.«

Mit zusammengekniffenen Augen las Trent das Kleingedruckte auf der Karte. »Keine Rückerstattung.« Er zuckte bedauernd mit den Schultern. »Sehen Sie, da steht's!« Er reichte ihr die Karte.

»Keine Rückerstattung, Miss Ramsey«, stellte Ruby mit erhobener Stimme fest. Sie war froh, daß Trent daran gedacht hatte, Miss Ramsey auch einzuladen. Soviel sie wußte, hatte die junge Frau keine Freunde, außer irgendeinem Barry, der in Houston jenes Modegeschäft führte, in dem sie ihre Sachen verkaufte. Ruby konnte an einer Hand die Abende abzählen, an denen Miss Ramsey ausgegangen war. Wenn irgend jemand einen Kinobesuch dringend nötig hatte, dann sie.

Rana ahnte nichts von Rubys Gedankengängen. Sie sah Trent an. Er hatte sie ausgetrickst. Nun, das würde sie ihm heimzahlen. »Ich dachte, Sie wollten in die Nachmittagsvorstellung gehen?«

Er trank seelenruhig einen Schluck Kaffee. »Ich habe meine Meinung eben geändert. Filme sind viel lustiger, wenn man nicht allein ist. Ganz zu schweigen vom Popcorn.« Er zwinkerte ihr schelmisch zu. Rana kochte. Ruby sprang auf. »Dann ist ja alles klar. Ich ...«

»Ich habe noch nicht gesagt, daß ich mitkomme.« Ihre Wirtin lächelte so liebenswürdig, daß Rana sich nicht länger weigern konnte.

»Aber das tun Sie doch, nicht wahr, meine Liebe?«

»Also gut, ich komme mit. Wenn er schon die Karten gekauft hat ...«, murmelte sie.

»Wunderbar!« Ruby klatschte wie ein junges Mädchen in die Hände. »Laufen Sie schnell hoch und ziehen Sie sich um. Ich spüle blitzschnell das Geschirr, dann treffen wir uns alle an der Haustür.«

Trent war klug genug, nichts mehr zu sagen. Er schwieg, bis Rana den Raum verlassen hatte.

Eine Viertelstunde später versammelten sich alle an der Haustür. Ruby hatte sich von Kopf bis Fuß in Rot gekleidet. Enttäuscht betrachtete sie Miss Ramsey. Ruby hatte gehofft, die junge Frau würde den Kinobesuch nutzen, sich einmal nett anzuziehen.

Statt dessen sah sie unscheinbarer aus denn je. Sie trug eine formlose khakifarbene Hose und ein weites Hemd, das ihr fast bis zu den Knien reichte. Besaß dieses Mädchen denn nichts, was dem Klima und der Jahreszeit angemessen war? Irgend etwas Leichtes oder Sommerliches?

Obwohl sie ihre Haare gebürstet hatte, hingen sie ihr noch tiefer ins Gesicht als sonst und verbargen fast alles bis auf diese blödsinnige Brille. Ruby seufzte resigniert. Miss Ramseys modische Verirrungen sollten ihr nicht den Abend verderben.

Sie schwatzte fröhlich drauflos, während Trent sie zu ihrem Wagen führte, der mehr Platz für drei Personen bot als sein niedriger Sportwagen. Trent öffnete die Beifahrertür und bedeutete Rana, einzusteigen. Statt dessen schob sie Ruby vor. Bevor Trent ihr helfen konnte, hatte sie schon die hintere Tür geöffnet, war ins Auto geschlüpft und hatte die Tür hinter sich zugeschlagen.

Trent lächelte nur, ging um den Wagen herum und setzte sich auf den Fahrersitz. Sie war eingeschnappt. Gut. Das Auftauen von Miss Ramsey ließ sich als Riesenspaß an.

Das Kino war gut besetzt, und sie hatten Glück, noch drei nebeneinanderliegende Sitze zu ergattern. Rana ging zuerst in die Reihe; sie wußte, Trent würde seiner Tante den Vortritt lassen. Ihr Plan gelang, aber nur für kurze Zeit. Trent war schlau.

Während der Werbung entschuldigte er sich und ging Erfrischungen kaufen. Als er vollbeladen zurückkehrte, bat er Ruby, mit ihm den Platz zu tauschen, so daß alle drei in den Becher Popcorn greifen konnten, den er gekauft hatte. Ruby wechselte gehorsam ihren Platz, und Rana wurde nur noch wütender, weil ihr Manöver doch nichts genützt hatte und sie nun neben ihm saß. Er verteilte die Getränke, reichte Ruby eine Konfektschachtel und bot ihr auch Popcorn an.

»Nein danke, Schatz. Davon kriege ich immer Blähungen.«

Rana unterdrückte ein Kichern, verschluckte sich jedoch beinahe, als sie den festen Druck von Trents Knie an ihrem Bein spürte. Er hatte die Beine gespreizt und den Becher Popcorn dazwischen gestellt.

Er beugte sich zu ihr hinunter und berührte ihr Ohr mit seinen Lippen. »Greifen Sie zu«, flüsterte er.

Rana unterdrückte ihren Ärger und richtete den Blick fest auf die Leinwand. Schlimm genug, daß sie sein Knie an ihrem Bein und seinen Ellbogen auf ihrer Armlehne spürte. Auf keinen Fall würde sie ihm zwischen die Beine greifen! Dieses blöde Popcorn.

Sie machte keinen Hehl aus ihrer Abneigung, aber das

schien ihn nicht zu stören. Jedesmal, wenn sie ihr Knie wegrückte, folgte sein Bein ihrer Bewegung. Ihr Arm war zwischen seinem und dem Rand der Armlehne eingeklemmt. Sie hätte einen Aufstand veranstalten müssen, um ihn wegzuziehen, und deshalb blieb sie so sitzen.

Trent sollte nicht wissen, daß sie die Stärke seines Arms spürte oder seine Wärme.

»Sieht Clint durch diese blaue Brille nicht ziemlich kränklich aus?«

Sein heiseres Flüstern jagte ihr einen Schauer über den Rücken.

»Nein.«

»Warum nehmen Sie sie nicht ab?«

»Ich kann ohne Brille nichts sehen.«

»Wirklich? So dick sehen die Gläser gar nicht aus.«

»Trotzdem.« In Wirklichkeit bestand die Brille nur aus getöntem Fensterglas, aber selbst ohne Make-up waren Ranas Augen exotisch genug, um Aufsehen zu erregen.

»Mögen Sie kein Popcorn?«

»Ich mache mir nichts draus, danke.«

Er lehnte sich zu ihr hinüber. »Ich kann Ihnen noch Eiskonfekt kaufen, wenn Sie wollen.«

»Ruhe!«

»Pst! Pst! Pst!« Aus allen Richtungen zischten die Leute. Auch Ruby beugte sich in ihrem Sitz vor und warf ihnen einen vorwurfsvollen Blick zu.

»Benehmt euch«, befahl sie, lehnte sich zurück und widmete ihre Aufmerksamkeit wieder der Leinwand.

»Sehen Sie! Jetzt haben Sie uns in Schwierigkeiten gebracht«, murmelte Trent ein paar Minuten später, nachdem sich alle beruhigt hatten.

»Ich? Sie haben mich doch in diesen blödsinnigen Film gelockt!« flüsterte Rana aufgebracht zurück. »Was mich wieder daran erinnert, daß ich unheimlich sauer auf Sie bin, weil Sie Ruby benutzt haben, um mich in eine Situation zu bringen, in der ich nicht länger ablehnen konnte. Okay, Sie haben bekommen, was Sie wollten: Ich mußte mitkommen. Ich bin hier. Und das mindeste, was Sie jetzt tun können, ist, mich den Film *in Ruhe* anschauen zu lassen!«

»Wollen Sie denn den Film wirklich sehen?«

»Stellen Sie sich vor!«

»Im Kino kann man auch noch andere Sachen machen.«

»Und was?«

»Schreckliche Dinge im Finstern. Wir können in die letzte Reihe gehen und knutschen.«

Rana fuhr herum und starrte ihn sprachlos an. Eine Hälfte seines Gesichts lag im Dunkeln, die andere wurde vom Licht, das von der Leinwand auf sie fiel, beleuchtet. Seine Augen blitzten unternehmungslustig. Sein Lächeln war sehr sinnlich. Er hatte fragend eine Braue hochgezogen, so als wollte er sagen: »Na, wie wär's?«

Er sah gut aus. Gefährlich gut. Und das wußte er auch.

Auf einmal war sich Rana darüber im klaren, daß sie ihn nicht mochte. Tatsächlich fand sie ihn ziemlich unausstehlich.

Sie riß ihren Arm von der Lehne und wandte ihr Gesicht der Leinwand zu. Dann drehte sie sich so in ihrem Sitz, daß Trents Knie ihr Bein nicht mehr streifen konnte.

Offenbar hatte er endlich begriffen. Er sah sich den Film an, knabberte Popcorn und sagte kein Wort mehr. Nach der Vorstellung führte er die Damen höflich durch die Besuchermenge über den Parkplatz zum Wagen.

Ruby rekapitulierte die ganze Handlung, kämpfte nachträglich noch einmal jeden Kampf, erinnerte sich an jede Einzelheit der Liebesszenen und kommentierte unzählige Male die Ausstrahlung der Stars.

Rana saß still auf dem Rücksitz und zählte die Minuten, bis dieser Abend endlich zu Ende war. Sobald sie im Haus waren, verabschiedete sie sich. »Danke für die Einladung, Mr. Gamblin. Gute Nacht, Ruby.«

»Aber ich dachte, wir trinken noch alle zusammen Tee«, meinte Ruby enttäuscht. Sie war noch nicht fertig mit ihrer Aufbereitung des Films.

»Nicht heute Abend. Ich bin müde. Bis morgen.«

Dieser Tag war sowieso schon unerfreulich gewesen, und nun, nach diesem gräßlichen Kinobesuch, fühlte sich Rana erschöpft. Und wütend bis zum Geht-nicht-mehr bin ich auch, dachte Rana, als sie die Tür zu ihrem Apartment hinter sich schloß. Wie konnte Trent es wagen, zu glauben, daß er damit einfach durchkam?

Ein Klopfen an der Tür unterbrach ihre Gedankengänge.

Wer konnte es auch anders sein – es war Trent. Und wie üblich lehnte er lässig im Türrahmen.

»Habe ich irgend etwas Falsches gesagt?«

Rana verschränkte die Arme vor der Brust. »Nein, Mr. Gamblin. Es war nichts, was Sie *gesagt* haben. Es ist das, was Sie sind!«

»Und was bin ich?«

»Eingebildet, verwöhnt und egoistisch. Und ein selbstgefälliger, sexbesessener Chauvinist.«

Er pfiff durch die Zähne.

»Typen von Ihrer Sorte kenne ich zur Genüge, und ich verachte sie. Ihr glaubt, Frauen sind nur als Spielzeug für euch geschaffen und nur dazu da, euch jeden Wunsch von den Augen abzulesen.«

Trent betrachtete sie aufmerksam. Er hatte sich aufgerichtet und lächelte nicht mehr. »Moment mal!«

»O nein, jetzt bin ich an der Reihe. Ich bin noch nicht fertig. Sie sind auch so einer, der die Frauen automatisch nach ihrem Aussehen auf einer Werteskala von eins bis zehn taxiert. Sie brauchen nicht den Kopf zu schütteln. Ich weiß, daß es stimmt. Wenn Sie eine Frau anschauen, sehen Sie nicht sie selbst, Sie sehen nur die Verpackung. Das allein zählt. Persönlichkeit oder Intelligenz spielen keine Rolle, und am allerwenigsten Gefühle.«

»Ich ...«

»Sehen Sie mich an und dann sich selbst«, fuhr Rana fort und zeigte mit der Hand erst auf sich, dann auf ihn. »Glauben Sie denn allen Ernstes, daß *ich* auch nur eine Sekunde geglaubt hätte, Sie wären tatsächlich an einem netten romantischen Zwischenspiel mit mir interessiert?« Sie schüttelte den Kopf. »Nun, ich weiß es besser. Weil ich Männer wie Sie kenne und ganz bestimmt nicht so dumm bin. Und ich bin auch nicht naiv genug zu glauben, daß Sie hin und weg gewesen wären, wenn ich Ihnen auf der Straße begegnet wäre. Sie haben sich an mich herangemacht, weil ich hier die einzig verfügbare Frau bin.«

Rana schwieg einen Moment, dann sprach sie weiter. »Und selbst wenn Sie tatsächlich an mir interessiert wären, aus welchen merkwürdigen Gründen auch immer – Pech für Sie. Weil ich an Ihnen nicht interessiert bin, und ich empfinde es als Beleidigung, daß Sie das vorausgesetzt haben. Ihre kindischen Annäherungsversuche und Ihre dummen Vorschläge machen mich krank. Sie sind einfach geschmacklos. Ich bin nicht einzig und allein zu Ihrem Amüsement auf die Welt gekommen, merken Sie sich das! Und falls Sie wirklich gedacht haben, daß Ihr Charme und Ihr gutes Aussehen mich glatt umhauen würden, dann sollten Sie lieber noch einmal nachdenken – und zwar gründlich!«

Rana stützte die Hände in die Hüften und funkelte Trent an. »Wer gibt Ihnen das Recht, mich als ein Spielzeug zu betrachten? Sie brauchen doch nur einen Zeitvertreib. Also, vergessen Sie's. Wenn ich Ruby nicht so gern hätte und ihre Gefühle nicht verletzen wollte, würde ich kein Wort mehr mit Ihnen reden. Um es kurz zu fassen, Mr. Gamblin, Sie sind ein ganz blöder Kerl.«

Mit einem Ruck knallte sie die Tür vor seiner Nase zu, bevor er auch nur den Mund öffnen konnte. Sie fühlte sich besser als all die Monate zuvor. Großer Gott, das hatte ihr gutgetan! Zumindest hatte sie ein Ventil für ihre jahrelang aufgestauten Frustrationen gefunden. Wie oft hatte sie sich schon über das Verhalten von Männern geärgert!

Rana hatte die Männer in drei Kategorien eingeteilt. Da waren einmal diejenigen, die so beeindruckt waren von ihrer Schönheit und ihrem Erfolg, daß sie nicht wagten, sich ihr zu nähern. Selbst wenn sie offensichtlich Interesse bekundete, reagierten sie nicht. Sie trauten sich einfach nicht an sie heran.

Dann gab es die Sorte Männer, die sie ausführten, sie jedoch wie eine Porzellanpuppe oder ein zerbrechliches Kunstwerk behandelten. Wie konnte sie jemals eine Beziehung zu einem Mann eingehen, der Angst davor hatte, sie zu berühren?

Männer der dritten Kategorie waren am weitesten verbreitet und verwirrten sie am meisten. Das waren diejenigen, die sie dazu benutzten, sich mit ihr zu schmücken. Da man von Rana bei allen erdenklichen Gelegenheiten Schnappschüsse machte – auf der Straße, beim Verlassen eines Restaurants, auf einer Party, im Park beim Eisessen – garantierte sie ihrer Eskorte Gratispublicity.

Unzählige Politiker hatten ihr den Hof gemacht, Rockstars und Geschäftsleute, die alle von einer weltweit in der Presse durchgehechelten Romanze mit Rana profitieren wollten. Solche Männer waren Meister im Manipulieren und konnten eine Frau am tiefsten verletzen, denn ihnen kam es auf das strahlende Äußere an, auf ein schönes Gesicht und eine makellose Figur – sie kümmerte es wenig oder gar nicht, welche Gefühle eine Frau hatte. Sie nahmen und nahmen und nahmen und gaben in ihrer unbegrenzten Selbstbezogenheit nie etwas zurück.

Auf andere, aber nicht weniger egoistische Art und Weise benutzte Trent Gamblin ›Ana‹.

Sie war unscheinbar. Sie war bedauernswert. Sie war allein.

Ohne Zweifel wollte er die Gefühle der einsamen Jungfrau ein bißchen kitzeln, solange er im Haus wohnte. Etwas Leben in ihre farblose Existenz bringen, etwas, das sie in ihr Tagebuch schreiben konnte, etwas, an dem sie sich in den kommenden einsamen Jahren wärmen konnte. Und gleichzeitig würde er sich amüsieren. Für ihn würde es eine neue Erfahrung bedeuten. Sie war so ganz anders als die Frauen, die er sonst vernaschte. Davon konnte er den Jungs in der Umkleidekabine berichten.

»He, Kameraden, ihr glaubt ja nicht, wie verrückt sie nach ein paar Streicheleinheiten war.« Konnte ein Mann noch egoistischer sein? Rana wußte jedoch aus eigener Erfahrung, daß es keine Grenze nach oben gab, was das Ausnutzen anderer Leute anbetraf.

Deshalb hatte sie heute Abend ihr anderes Ich, Miss

Ramsey, dazu benutzt, sich zu rächen. Es war ein Triumph über jeden Mann, der jemals eine Frau ausgenutzt hatte, einfach weil es ihm in den Kram paßte und sie leicht zu haben war.

Als sie endlich einschlief, fühlte sich Rana wie reingewaschen. Warum hatte sie nicht schon viel früher Rückgrat gezeigt? Warum erfuhr sie erst jetzt nach all den Jahren voller Liebeskummer und Enttäuschungen, daß die Welt nicht stillstand, wenn sie sich nicht alles gefallen ließ und sich wehrte?

Am nächsten Morgen trat Rana aus ihrem Bad, gähnte und streckte sich. Da fiel ihr Blick auf den Zettel, der unter der Tür durchgeschoben worden war. Für einen Augenblick erstarrte sie mitten in der Bewegung, dann ließ sie langsam die Arme sinken und starrte auf das zusammengefaltete Blatt Papier. Im ersten Moment entschied sie, es einfach zu ignorieren. Doch dann siegte ihre Neugier. Sie bückte sich und hob es auf.

Sie hatten absolut recht. Ich habe mich wirklich blöd benommen. Es tut mir leid. Wollen wir einen Waffenstillstand unterzeichnen, eine Friedenspfeife rauchen oder zusammen joggen? Das letztere wäre mir am liebsten. Ich nehme es als Zeichen Ihrer Vergebung, wenn Sie mitkommen. Bitte.

Keine Unterschrift. Aber wie viele Leute hatte Rana gestern als blöd bezeichnet? Und diese entschlossenen, männlichen Schriftzüge konnten nur von einer Person stammen.

Trotz ihrer Wut vom vergangenen Abend mußte Rana lächeln. Sie faltete den Zettel zusammen und trat ans offene Fenster. Sie starrte hinaus, nahm aber das taufrische Gras und die Landschaft, über der schon das Versprechen eines neuen heißen Tages lag, nicht wahr.

Immerhin hatte er so viel Anstand gezeigt, sich zu

entschuldigen. Durfte sie nun seine Entschuldigung einfach ignorieren? Konnte sie das nicht zumindest akzeptieren?

Es war noch sehr früh. Die Sonne ging gerade auf, und die Luft duftete frisch und würzig. Ein Lauf am Strand entlang würde ihr guttun. Er würde ihren Körper trainieren und ihren Kopf klären. Wenn sie dann an ihre Arbeit ginge, würden die Ideen nur so aus ihrer Feder fließen.

Bevor sie es sich noch anders überlegen konnte, eilte sie zum Schrank und holte ihren Jogginganzug heraus. Schnell zog sie sich an, schnürte hastig die Turnschuhe zu, setzte die Brille auf und öffnete rasch ihre Apartmenttür.

Trent wartete schon auf dem Flur und betrachtete nachdenklich die Spitzen seiner Joggingschuhe. Als er Rana kommen hörte, schaute er auf, senkte aber schnell wieder den Blick.

»Hallo.« Seine Stimme klang vorsichtig.

»Guten Morgen.«

Er betrachtete ihr Aussehen als gutes Zeichen. Sie trug einen grauen Jogginganzug, so schlechtsitzend und eingebeult wie all ihre Kleidungsstücke, Turnschuhe und eine Baseballmütze. Trent versuchte, sich eine Situation vorzustellen, in der er ihr die Brille abnehmen würde. Sie würde das Haar zurückwerfen und sich in eine verführerische Sexbombe verwandeln, so wie es immer in schlechten Liebesfilmen mit diesen unscheinbaren Bibliothekarinnen geschah. Er bezweifelte allerdings ernsthaft, daß in Ranas Fall eine solche Verwandlung überhaupt möglich wäre.

»Fertig?« fragte er.

»Sieht aus, als wäre es gerade die rechte Zeit zum Laufen. Nicht zu feucht.«

»Verglichen womit?« Trent hob eine Augenbraue und sah sie fragend an.

»Verglichen mit dem brasilianischen Regenwald.«

Er grinste und wies mit dem Kopf auf die Treppe. »Nach Ihnen. Und eins kann ich Ihnen jetzt schon sagen – das ist das letzte Mal, daß Sie mir heute voraus sind.«

Sie fuhren mit dem Wagen zum Strand. Trent runzelte die Stirn, als der Motor von Ranas altem Gebrauchtwagen beim Anlassen erst einmal nur ein Stottern von sich gab. Aber es war schon besser, ihren Wagen zu nehmen. Die feuchte Salzluft am Strand konnte ihm nicht mehr viel anhaben.

Zuallererst machten sie ein paar Lockerungsübungen. Trent staunte über Ranas Gelenkigkeit. Sie konnte sich mühelos mit durchgedrückten Knien nach vorn beugen und mit den Handflächen den Boden berühren. Wenn sie sich bloß nicht so vermummt hätte! Der Trainingsanzug war viel zu unförmig, aber ihr Körper unter der grauen Hülle wirkte geschmeidig und elastisch.

»Sind wir jetzt Freunde?« fragte er während einiger tiefer Kniebeugen.

Rana vermied es, auf seinen muskulösen Körper zu sehen. »Hätten Sie das gern?«

Er spreizte weit die Beine und beugte sich tief hinunter. »Ja.« Als er wieder hochkam, war sein Gesicht gerötet, und Rana wußte nicht, ob vor Anstrengung oder aus Verlegenheit.

»Gut, dann sind wir also Freunde.« Sie lächelte.

Trent nickte. »Vielleicht sollten Sie vorher noch was wissen.«

»Und was?«

»Ich war noch nie mit einer Frau befreundet.«

Für eine lange Weile blickten sie sich an. Um diese frühe Morgenstunde war der Strand leer. Die jungen Mütter mit den Kindern hatten noch nicht ihren Haushalt verlassen, die Teenager-Cliquen mit den plärrenden Radios waren noch nicht erschienen und auch nicht die Ausflügler mit den Picknickkörben.

Trent und Rana waren ganz allein. Um sie herum war Stille bis auf das Kreischen der Möwen, die in den Wellen hinabstießen und nach kleinen Fischen jagten, und dem Geräusch der Brandung.

»Niemals?« fragte Rana mit schwacher Stimme.

Trent blinzelte in die aufgehende Sonne. »Nie. Als ich noch mit Rhonda Sue Nickerson, dem Mädchen von nebenan gespielt habe, wollte ich immer Familie spielen. Ich war dann der Vater und konnte ihr einen Abschiedskuß geben, bevor ich zur Arbeit mußte.«

»Wie alt waren Sie da?«

»Sechs oder sieben. Als ich acht war, habe ich ihr vorgeschlagen, von nun an lieber ›Doktor‹ zu spielen.«

»Also schon damals haben Sie kleine Mädchen verführt.«

Er sah sie gekränkt an, doch dann nickte er. »Sieht so aus«, gab er zu. »Ich habe Frauen eigentlich nie als neutrale Wesen gesehen.«

»Gut, dann bedeutet unsere Freundschaft für Sie eben eine neue Erfahrung.«

»Richtig!« Er hob die Arme und dehnte sich aus der Hüfte heraus. Doch auf einmal hielt er inne und sah Rana verwirrt an. »Wie macht man das eigentlich?«

»Was?«

»Mit Frauen befreundet sein?«

Sie lachte. »So wie man eben Freundschaft schließt.«

»Sicher?«

»Sicher.«

»Wer ist zuerst am Pier?!« Trent hatte noch nicht richtig ausgesprochen, da rannte er schon los. Rana war so überrascht, daß sie noch einen Moment stehenblieb, bevor auch sie sich in Bewegung setzte und ihm in schnellem Tempo folgte.

»Gewonnen!« rief er aus, als er den ersten Pfahl erreicht hatte. Er war kaum außer Atem.

»Sie haben gemogelt.«

»Das mache ich immer so bei meinen Freunden.«

»Sie nutzen unsere neue Freundschaft jetzt schon ganz schön aus!« Rana warf den Kopf zurück und lachte.

»Wissen Sie was, Ana?«

»Was?« Sie zog einen Schuh aus und schüttelte den Sand heraus.

»Ich mag Sie.«

Barfuß balancierte sie auf dem Sandstrand. »Das hört sich an, als wären Sie überrascht darüber.«

Er lachte. »Bin ich auch.«

»Weil ich eine Frau bin und Sie versucht haben, auch einmal hinter die nicht so attraktive Fassade zu sehen.«

»Es ist eine Schande, daß den Leuten das Aussehen so wichtig ist, finden Sie nicht auch?«

Sie bückte sich und schnürte den Schuh zu. »Ja«, murmelte sie kaum hörbar. Wahrscheinlich glaubte er, daß Ana Ramsey wegen ihrer Unscheinbarkeit bis jetzt noch nicht das große Glück gefunden hatte. Wie wenig wußte er doch darüber, daß auch Schönheit einen Menschen unglücklich machen konnte.

»Haben Sie mich extra gewinnen lassen?« fragte er argwöhnisch.

»Aber klar.«

»Das ist auch nicht fair.«

»Unsere Freundschaft ist noch so neu. Ich wollte sie

nicht jetzt schon aufs Spiel setzen.« Rana legte den Kopf schräg und lächelte. Bei jeder anderen Frau hätte Trent geschworen, daß sie mit ihm flirtete.

»Wollen wir ein längeres Stück laufen?«

Sie nickte.

Er setzte sich in Bewegung, und sie trabte neben ihm her. Schon nach kurzer Zeit merkte sie, wie wenig Kondition sie hatte. Atemlos winkte sie ab. »Laufen Sie weiter, ich warte hier«, keuchte sie und ließ sich in den Sand fallen.

Trent kehrte erst nach einer halben Stunde zurück. Sein Tempo immer mehr verringernd, zog er kleine Kreise um Rana und ließ sich schließlich neben sie fallen. »Ihnen fehlt nur noch eine Lilie in der Hand, dann sehen Sie aus wie eine Leiche in einem Comic«, scherzte er. Rana lag flach auf dem Rücken, die Füße gekreuzt und die Hände auf dem Bauch gefaltet.

»Still! Ich mache ein Nickerchen.«

»Gute Idee!« Er streckte sich neben ihr aus. »Der Sand ist immer noch kühl.«

»Tut gut, oder?«

»Hm.« Er rollte sich auf die Seite und betrachtete ihr Profil. »In Ihnen steckt mehr, als es oberflächlich den Anschein hat.«

Erstaunt wandte sie ihm das Gesicht zu. »Was sagen Sie da?«

»Ich glaube, es gibt in Ihrer Vergangenheit irgendein dunkles Geheimnis.«

»Seien Sie nicht albern.« Sie blickte in den Himmel.

»Irgend etwas Trauriges.«

»Nicht mehr als bei anderen Leuten auch.«

»Warum vergraben Sie sich im Haus meiner Tante, Ana?« wollte er wissen.

»Und Sie?«

»Das wissen Sie doch – ich lasse meine Schulter ausheilen. Ich habe nicht genügend Ruhe in Houston.«

»Warum haben Sie sich nicht einfach die nötige Zeit genommen?«

»Ich habe einen schwachen Charakter.«

Rana lachte leise.

»Als Ruby mir von Ihrer Ankunft erzählte, dachte ich, Sie verstecken sich vielleicht vor einer bösen Ehefrau und ihrem Scheidungsanwalt.«

Trent beobachtete, wie sich ihre Brüste hoben und senkten, wenn sie lachte. Einmal ein Sexist, immer ein Sexist, dachte er reumütig. Aber, zum Teufel, er war ein Mann, oder etwa nicht? »Ich bin nie verheiratet gewesen.«

»Nein?« Wieder sah sie ihn an.

»Nein. Und Sie?«

»Ich war verheiratet ... Vor Jahren. Als ich sehr jung war«, antwortete sie.

Das überraschte ihn. Und wie! Nun war er noch mehr davon überzeugt, daß sich hinter dieser Frau mehr verbarg, als sie zeigte.

»Hm.«

Rana rollte sich auf die Seite, das Gesicht ihm zugewandt. »Hm. Wie vielsagend. Aber Sie können das, was Sie denken, vergessen.«

Was denke ich denn?«

»Daß ich immer noch an gebrochenem Herzen leide, weil ein treuloser Ehemann mich schlecht behandelt hat.«

»Aber in Schlagern ist das immer so.«

»Aber bei mir nicht. Meine Ehe wurde im beiderseitigen Einverständnis aufgelöst, weil es für uns beide das Beste war.«

»Aber Sie haben mir meine Frage immer noch nicht

beantwortet – auch wenn ich bewundern muß, wie geschickt Sie versucht haben, mich vom Thema abzulenken. Warum verstecken Sie sich?«

»Ich verstecke mich doch nicht.«

Die Vehemenz, mit der sie protestierte, bestätigte ihn in seinen Vermutungen. »Kommen Sie, Ana. Eine intelligente, attraktive und so begabte Frau wie Sie mietet sich nicht in einer Pension bei einer älteren Dame ein, wenn sie nicht dazu gezwungen ist.«

»Niemand hat mich dazu gezwungen. Ich bin aus freien Stücken hier. Und bis heute morgen haben Sie mich auch nicht für attraktiv gehalten. Erst als sie sich dazu durchgerungen hatten, ein Freund zu sein und kein sexuelles Ärgernis.«

»Ich habe Sie schon immer anziehend gefunden.« Als er die Worte laut aussprach, erkannte Trent, daß es stimmte. Im wahrsten Sinne des Wortes hatte ihn Ana Ramsey vom ersten Moment ihrer Begegnung an angezogen. »Zugegeben, Ihre Kleidung läßt eine Menge zu wünschen übrig«, erklärte er auf ihre ungläubige Miene hin. »Und Sie sind nicht ... nicht ...«

»Hübsch«, ergänzte sie freimütig und freute sich über seine Verlegenheit.

»Nicht im herkömmlichen Sinn, nein. Aber ich bin gern mit Ihnen zusammen. Sie brauchen jetzt nicht mehr mit dem Chauvinisten zu kommen. Ich meine das ganz platonisch. Ich bin gern bei Ihnen. Ich fühle mich so entspannt wie noch nie bei einer Frau. Wahrscheinlich, weil ich nicht unter dem Druck stehe, ständig meinem Macho-Image gerecht werden zu müssen. Können Sie sich vorstellen, wie anstrengend das sein kann?«

»Kann ich«, gab Rana zu und verzog das Gesicht. Gerade sie wußte nur zu gut, was es hieß, einem Image gerecht zu werden, aber etwas anderes machte ihr im Moment mehr zu schaffen … Sie lagen jetzt einander zugewandt auf einem einsamen Strand. Wie ein Liebespaar. Ranas Körper fühlte sich entspannt und warm an. Und noch kurz vor Trents Bemerkung über sein Macho-Image hatte sie seinen kräftigen Körper bewundert.

Sie mochte sein windzerzaustes Haar, seine braune Haut, an der jetzt Sand klebte. Beim Anblick seines muskulösen Oberkörpers wurde ihr Mund ganz trocken.

»Es ist schon ein Kreuz«, fuhr Trent fort und hatte keine Ahnung von den Gefühlen, die er in ihr zum Leben erweckte. »Weil ich ein allein lebender, professioneller Schürzenjäger bin, erwartet jede Frau, daß ich mich auch so verhalte. Es tut gut, einfach nur mit jemandem zu reden.« Er fuhr sich mit der Hand übers Gesicht. »Halten Sie mich immer noch für einen blöden Kerl? Ich kann mich einfach nicht erinnern, jemals mit einer Frau im Sand gelegen zu haben, ohne mit ihr geschlafen zu haben.«

Der verbotene, unglaubliche Gedanke nahm langsam Gestalt an, während sie dalagen und sich anschauten. Obwohl sich ihre Körper nicht berührten, verloren sich ihre Gedanken in erotische Phantasien.

Rana dachte daran, wie es wäre, ihn zu berühren, ihre Hand auf seine Brust zu legen und mit den Fingern durch die krausen, dunklen Haare zu fahren.

Und Trent stellte sich vor, mit den Händen unter das graue Sweatshirt zu gleiten und ihre Brüste zu bedecken.

Rana dachte, wie knapp doch seine Shorts saßen …

Und er küßte sie im Geist, glitt mit seiner Zunge tief in ihren Mund und erforschte jeden verborgenen Winkel.

Rana stellte sich vor, wie er sie auf den Rücken

drehte, sie mit seinem starken, erregten Körper bedeckte und ihre Beine spreizte.

Trent überlegte, wie er sie auf den Rücken legen, ihren schlanken Körper bedecken und ihre Beine mit seinen auseinanderdrücken würde.

Es war unvermeidbar, daß diese Gedanken zu körperlichen Reaktionen führten, und sie wurden beide nervös.

Trent reagierte zuerst. Er sprang auf und streckte die Hand nach Rana aus. Sie zögerte einen Moment, dann ließ sie sich von ihm hochziehen.

Seine langen, kräftigen Finger schlossen sich um ihre Hand und ließen sie nicht los, während sie zurück zum Wagen gingen. Er plauderte lebhaft und humorvoll, irgendwie fühlte er sich schuldig, weil er an sie wie an ein Sexobjekt gedacht hatte.

Im Geist schüttelte Rana all ihre erregenden Phantasien ab. Sie und Trent waren Freunde, Kameraden, Kumpel. Das hatte sie so gewollt. Keine Komplikationen mehr mit Männern, Rana! Aus. Vorbei. Und für Miss Ramsey kamen solche romantischen Regungen sowieso nicht in Frage. Denn mit Sicherheit war es nur ein Lippenbekenntnis, wenn Trent jetzt sagte, daß es auf das Äußere einer Frau wahrlich nicht ankäme – in ein oder zwei Wochen, wenn der Hunger zu groß wurde, würde er sich sicher nicht die unscheinbare Miss Ramsey aussuchen, um seinen sexuellen Appetit zu stillen!

»Was machen Sie heute?« fragte er, als sie nach kurzer Heimfahrt die kühle Halle der Villa betraten.

»Arbeiten, arbeiten, arbeiten.« Rana drohte ihm mit dem Zeigefinger. »Und wagen Sie bloß nicht, mich heute zu stören!«

»Sie sind mir vielleicht eine Freundin! Ich dachte, wir könnten ...«

»Trent«, drohte sie. – »Okay, okay. Ist ja schon gut.« »Hallo, meine Lieben.« Ruby hatte sie gehört und kam aus dem Eßzimmer. Über ihren Jeans trug sie eine mit Gänseblümchen gemusterte Schürze. »Miss Ramsey, gerade hat jemand für Sie angerufen. Ich bat den Herrn, am Apparat zu bleiben, da ich Sie kommen hörte. Trent, in der Küche steht dein Fruchtsaft.«

Rana eilte die Treppen hinauf und ans Telefon in ihrem Apartment. »Hallo«, sagte sie atemlos.

»Rana, hier ist Morey.«

»Morey!« Sie freute sich, seine Stimme zu hören. »Wie geht's dir? Was macht dein Blutdruck?«

»Du kannst ihn senken. Indem du zurück an die Arbeit kommst.«

4

»Ich kann nicht, Morey. Jetzt noch nicht.«

»Und wann?«

»Ich weiß es nicht. Vielleicht nie wieder.«

»Rana, Rana.« Er seufzte schwer. »Hast du immer noch nicht deine Meinung geändert?«

»Du tust gerade so, als hätte ich aus einer kindischen Laune heraus gehandelt. Ich versichere dir, meine Gründe dafür, alles aufzugeben, liegen viel tiefer.«

»Ich wollte deine Entscheidung nicht herunterspielen. Das Leben mit deiner Mutter muß die Hölle gewesen sein.« Rana erinnerte sich auf einmal daran, daß Morey und ihre Mutter sich nie gemocht hatten. Susan hatte den Agenten immer verachtet, ihn nur als notwendiges Übel betrachtet, um Ranas Karriere weiter zu fördern. »Was hat sie eigentlich getan? Was hat für dich den Ausschlag gegeben, plötzlich alles hinzuschmeißen?«

Morey konnte nicht wissen, wie sehr sie die Erinnerung an diese entwürdigende, peinliche Szene schmerzte.

»Ich bitte dich doch nur darum, nett zu ihm zu sein, Rana. Du bist ein merkwürdiges Mädchen!« Susan Ramsey klang verärgert. »Jede andere würde im siebten Himmel schweben, wenn Mr. Alexander ihr seine Aufmerksamkeit schenkte.«

»Dann soll ihn doch ›jede andere‹ heiraten.«

»Wer spricht denn von Heirat?«

»Ich kenne dich, Mutter. Du würdest mich nicht auf Alexander ansetzen, wenn du nicht irgendwo im Hinterkopf an Heirat dächtest! Dabei geht es dir überhaupt nicht um Moral oder so etwas. Du willst dir nur nicht eine so einmalige Chance entgehen lassen.«

»Wäre denn eine Ehe mit dem Besitzer eines der weltgrößten Kosmetikunternehmen so schrecklich?« hatte Susan sarkastisch gefragt. »Denk doch auch mal daran, was eine solche Verbindung für deine Zukunft bedeuten könnte!«

»Und für deine, Mutter.«

»Deine Beleidigungen kannst du dir sparen. Also, Mr. Alexander hat angerufen, er läßt dich um acht abholen. Hier, dieses wunderschöne Diamantarmband hat er für dich geschickt. Du sollst es heute abend tragen. Bitte geh dich umziehen.«

Das Armband hatte das Faß zum Überlaufen gebracht. »Ich bin doch nicht käuflich!« Ranas Stimme klang kalt und sehr ruhig. »Mr. Alexander kann sein Armband behalten – und ich meine Würde.«

Anstatt sich für den Abend mit einem Mann zurechtzumachen, der alt genug war, ihr Großvater zu sein, hatte Rana ein paar Sachen gepackt und ohne ein weiteres Wort das Penthouse in Manhattan verlassen.

Während der langen Busfahrt in den Süden hatte sie sich noch einmal die unzähligen Intrigen ihrer Mutter ins Gedächtnis gerufen. Solange Rana zurückdenken konnte, hatte Susan Ramsey ihre Tochter in Situationen hineingedrängt, die diese verabscheute. Wie sehr hatte sie die Kindermodenschauen gehaßt, die Model-Kurse, die Fototermine, die endlosen Interviews, die Rana im nachhinein immer nur peinlich erschienen waren.

Susan hatte keine Mühe gescheut, Rana erst zu dem perfekten kleinen Mädchen zu machen, dann zu dem perfekten naiven Teenager, dann zu der perfekten verführerischen Frau ... Zu der Frau, die Susan selbst gern gewesen wäre. Ein Psychologe hätte den Fall als klassisch bezeichnet: Eine Mutter, die nur durch ihr Kind lebt.

Rana war stets ein hilfloses Opfer von Susans übersteigerten Ambitionen gewesen. Ihr Vater war bei einem Verkehrsunfall ums Leben gekommen, als sie noch ein kleines Mädchen war, er hatte also nicht das ausgleichende Gegengewicht sein können. Von da an war Rana den ehrgeizigen Plänen ihrer Mutter völlig ausgeliefert gewesen. Sie hatte sich selten gewehrt. Die Beziehung zu Patrick, ihrem Freund und späteren Ehemann, war einer ihrer Versuche gewesen, sich gegen Susan durchzusetzen. Aber das Ganze hatte in einem solchen herzbrechenden Fiasko geendet, daß Rana keinen weiteren Versuch mehr gewagt hatte.

Susan hatte ihrer Tochter bewiesen, wie rücksichtslos sie sein konnte, und Rana hatte sich resigniert von ihr leiten lassen. Bis zu Mr. Alexander. Würde ihre Mutter sie tatsächlich an so einen alten Mann verschachern? Diese Vorstellung hatte Rana zutiefst aufgeschreckt.

Sie war zu dem Schluß gekommen, daß sich Susan nie mehr ändern würde. Wenn Rana ein anderes Leben führen wollte, mußte sie die Sache selbst in die Hand nehmen. Als sie ihre Mutter verlassen und ihre Karriere in New York aufgegeben hatte, war das die gesündeste Entscheidung gewesen, die sie jemals im Leben getroffen hatte.

»Es war nicht allein Mutters Schuld. Auch ich bin verantwortlich gewesen«, erklärte sie jetzt ihrem Agenten. »Es tut mir leid, daß du da hineingezogen wurdest.

Bitte, versteh mich. Ich mußte einfach fort. Und hier geht's mir wirklich gut. Heute morgen bin ich am Strand gejoggt. Du hättest mich sehen sollen! Im Trainingsanzug und mit einer Schirmmütze auf dem Kopf! Ich habe bestimmt schrecklich ausgesehen, mich aber pudelwohl gefühlt. Ich bin entspannt und ausgeglichen. Und frei! Zum erstenmal in meinem Leben mache ich, was ich will.«

»Aber mußte es so ein drastischer Schritt sein, Liebes? Konntest du dich nicht einfach von Susan trennen und ihr sagen, sie sollte ein für allemal aus deinem Leben verschwinden?«

»Was glaubst du, hätte sie getan? Sei ehrlich.«

Morey umging diese Frage. »Hast du die Anzeige gesehen?«

»Zufällig. Ich bin zu Tode erschrocken.«

»Das sind auch die großen Bosse von dem Unternehmen. Sie können es immer noch nicht fassen, daß ihre Werbeleute eine solche Anzeigenserie während all der Monate eingefroren hatten. Die Leute stehen Kopf, Rana. Die Umsätze sind gleich in der ersten Woche, in der die Anzeige erschienen ist, wie eine Rakete in die Höhe geschnellt. Überall im Land kannst du dich auf Reklametafeln wiederfinden. Im Augenblick plant man eine großangelegte Kampagne im Werbefernsehen.«

»Mit mir?«

»Natürlich mit dir. Die Fernsehspots sollen gleichzeitig mit den Anzeigen in den Illustrierten erscheinen. Man glaubt, und darin stimme ich den hohen Herrschaften zu, daß du für simple Baumwollunterwäsche mehr tun kannst als Brooke Shields für Bluejeans.«

»Ich freue mich über den Erfolg der Anzeigen, Morey, aber ich werde nicht wieder arbeiten.«

»Auch nicht für zweihundertfünfzigtausend und einen Zweijahresvertrag?«

»Du machst Witze.« Ranas Beine gaben unter ihr nach, und sie sank auf den Teppich.

»Endlich wirst du wach! Ich habe den zweihundertfünfzig Riesen noch nicht zugestimmt. Ich fordere dreihundertfünfzig und glaube, wir werden bei dreihundert handelseinig. Wie hört sich das an?«

»Lächerlich.«

Er lachte. »Für mich nicht. Ich könnte eine kleine Auffrischung gut gebrauchen.«

Rana verzog besorgt das Gesicht.

»Hast du wieder gespielt? Hast du dich etwa übernommen?«

»Vergiß es. Du redest schon wie meine Exfrau. Also, wann kommst du nach New York zurück?«

Rana warf einen Blick in den Drehspiegel ihr gegenüber. Die Frau, die da mit gekreuzten Beinen auf dem Teppich des schlichten Apartments saß, hatte nichts gemein mit dem Model in der Modezeitschrift. Sie hatte Gewicht zugelegt. Ihr tiefrotes Haar war seit Monaten nicht mehr in Form gebracht worden. Ihre Hände waren ein Alptraum mit den unmanikürten Nägeln und den farbverschmierten Fingern.

»Ich komme nicht zurück, Morey«, erklärte sie weich und hoffte, daß ihre Ablehnung ihn nicht allzusehr treffen würde. »Ich bin nicht mehr in Form. Man würde mich so gar nicht haben wollen. Ich habe zugenommen. Selbst wenn ich wollte, könnte ich keine Werbung mehr für Unterwäsche machen.«

»Du brauchst doch bloß einen Aufenthalt in einer Schönheitsfarm. Wo willst du hin? Nach Greenhouse oder Golden Door? Warte, am Greenhouse bist du näher dran. Soll ich für dich buchen?«

»Morey, hör mir doch zu! Ich komme nicht zurück. Ich will nicht.«

Das darauffolgende Schweigen war lang und voller Spannung. »Willst du nicht wenigstens darüber nachdenken?« fragte Morey schließlich. »Wir brauchen nichts zu überstürzen. Wenn du möchtest, lassen wir alles ganz ruhig angehen. Wir nehmen keine anderen Aufträge an. Dreihundert Riesen sind eine Menge Geld, Rana.«

»Das weiß ich«, entgegnete sie unglücklich. Sie wollte nicht, daß Morey wegen ihrer Entscheidung finanzielle Rückschläge erlitt. »Glaub nicht, daß ich mich nicht geschmeichelt und dankbar fühle. Aber ich lebe hier ein anderes Leben. Und es gefällt mir.«

Sie blickte zur Tür und dachte ganz plötzlich an den Mann gegenüber. Es machte sie nervös, daß sie gerade jetzt an Trent denken mußte. Er hatte bestimmt nichts mit ihrem Wunsch, in Galveston zu bleiben, zu tun.

»Nun, die Werbeleute haben's verdammt eilig, aber ich habe sie noch hinhalten können. Ich habe ihnen – wie übrigens all unseren anderen Kunden – erzählt, du seist auf einer längeren Ferienreise. Schlaf ein paar Nächte drüber, Rana. Ich ruf dich dann am Freitag noch mal an.«

»Na schön«, sagte Rana, schüttelte aber den Kopf dabei. Ihre Antwort würde in ein paar Tagen die gleiche sein, auch noch nach ein paar Wochen, aber sie wollte Morey nicht so vor den Kopf stoßen. Außerdem hatten seine Andeutungen sie beunruhigt. Morey war ein leidenschaftlicher Spieler und hatte schon öfter hohe Summen verloren. »Wie geht's dir sonst?« wollte sie wissen.

»Gut, gut. Mach dir um mich keine Sorgen.«

»Wie läuft das Geschäft?«

»Machst du Witze? Nachdem ich es geschafft habe, Rana unter Vertrag zu nehmen, wollen alle, daß ich ihr Agent werde.«

Zu der Zeit, als Rana und Susan bei Morey erschienen waren, hatte seine Agentur Ausstellungsräume und Models für Kataloge vermittelt. Als sich Ranas steile Karriere abzeichnete, hatte Morey in mehr als einer Hinsicht einen Aufschwung erlebt. Schon bald hatte er mehr Kunden, als er verkraften konnte, und mußte mehrere Assistenten einstellen. Rana würde sich immer darüber freuen, daß ihr Erfolg auch ihn bekannt gemacht hatte.

»Also dann, adieu. Paß auf dich auf. Achte auf deinen Blutdruck. Vergiß nicht, deine Medikamente zu nehmen«, fügte sie noch hinzu.

»Ja, ja, schon gut. Mach dir keine Sorgen um mich. Leb wohl. Denk über den Vertrag nach, Rana. Ernsthaft.«

»Versprochen.«

Nachdenklich legte Rana den Hörer auf. Irgend etwas war nicht in Ordnung, das spürte sie. Achtete Morey nicht genügend auf seine Gesundheit? Jetzt, wo sie nicht mehr da war, um ihn vom vielen Rauchen abzuhalten und ihn dazu zu überreden, regelmäßig zu essen. Sie konnte nur hoffen, daß ihn ihre Entscheidung nicht so betroffen machte, daß er ganz aus dem Geschäft ausstieg.

Sie war froh, als ein Klopfen an der Tür sie aus ihren trüben Gedanken riß. Schnell sprang sie auf und redete sich ein, daß ihr Herz nicht allein deshalb so heftig schlug, weil sie hoffte, es könnte Trent sein. Sie war schon fast an der Tür, als ihr einfiel, daß sie ihre Brille nicht trug. Schnell setzte sie sie auf, dann öffnete sie.

»Haben Sie Zeit für ein Spiel?«

Trent sah wirklich zum Küssen aus. Sein Haar war noch feucht und zerzaust vom Duschen. Er trug kurze

Shorts und ein verwaschenes T-Shirt. Er war barfuß und hatte immer noch das Pflaster um den kleinen Zeh.

Plötzlich konnte Rana Rubys Sympathien für ihn gut verstehen. Er war einfach ein verdammt netter Kerl. Und viel zu attraktiv. So verführerisch wie ein Stück Sahnetorte für jemanden, der gerade Diät hielt. Ein Bissen – und alle guten Vorsätze flogen über Bord.

»Nein, ich kann nicht«, entgegnete sie fest.

»O bitte!«

Bei seinem jämmerlichen Ton mußte sie lächeln. »Wirklich nicht. Ich muß arbeiten. Haben Sie sonst nichts zu tun?«

»Ich könnte ein wenig Krafttraining machen. Oder Ruby den Gefallen tun und das Gewächshaus kehren. Sie möchte da ein paar neue Blumen einpflanzen.« Er zwinkerte ihr zu. »Aber dabei wird mir bestimmt der Arm lahm.«

»Meiner wird auch gleich vom Türaufhalten lahm, also auf Wiedersehen!«

»Sie sind mir ein rechter Freund«, brummte er vor sich hin, als er widerstrebend davonging.

Rana lächelte, als sie die Tür schloß. Wahrscheinlich hatte sie so gute Laune, weil sie sich insgesamt in ihrem neuen Leben wohl fühlte. Aber so ganz war sie davon doch nicht überzeugt. Konnte es sein, daß auch Trent Gamblin zu ihrer gehobenen Stimmung beitrug?

Die folgenden Tage verstrichen alle ähnlich. Es war Rana und Trent zur Gewohnheit geworden, jeden Morgen zusammen zu joggen. Im Anschluß daran wartete Ruby schon mit dem Frühstück auf sie. Danach arbeitete Rana in ihrem Zimmer, solange das Morgenlicht gut war.

Trent war ganz schön lästig, aber das machte ihr

nichts aus. Es war unmöglich, ihm böse zu sein. Während des Tages erledigte er alle möglichen Dinge im Haus für Ruby. Am Abend saßen sie dann zusammen im Salon vor dem Fernsehapparat oder spielten mit ihrer Wirtin Gesellschaftsspiele.

An einem Abend machten sie einen Spaziergang um den Häuserblock. Ruby wußte zu jeder Familie eine Klatschgeschichte zu erzählen – niemand hätte ein Skelett im Schrank verbergen können, ohne daß Ruby davon gewußt hätte.

An einem anderen Abend kramte Trent den altertümlichen Eisapparat mit der handbetriebenen Kurbel hervor. Er säuberte ihn, ölte den rostigen Schwengel und bat Ruby, ihnen Vanilleeis zuzubereiten. Ein paar Stunden später saßen sie unter den Bäumen im Garten und freuten sich über die hausgemachte Köstlichkeit.

Rana verglich diesen friedlichen Abend mit den vielen hektischen Stunden, in denen sie in New York von einem Nachtclub zum andern gejagt war. Um keinen Preis wollte sie mehr tauschen.

Und Trent konnte sich an keine Zeit erinnern, in der er sich so entspannt und wohl gefühlt hatte in Gegenwart einer Frau.

Am Donnerstag stellte Rana fest, daß es Zeit war, ihre Vorräte an Farben zu ergänzen, weil sie kaum noch welche hatte. Bei ihrer Rückkehr schleppte sie ein so großes und unhandliches Paket, daß sie kaum darüber hinweg sehen konnte. Als sie es auf dem Arbeitstisch absetzte, erstarrte sie.

In ihrem Bad lag ein Mann auf dem Boden. Sie konnte seinen Kopf und die Schultern nicht sehen, da sie in dem Schränkchen unter dem Waschbecken steckten, aber die Beine erkannte sie sofort.

»Ich denke, es ist nur fair, Ihnen zu versichern, daß ich meinen Schmuck nicht im Abflußrohr aufbewahre, falls Sie ein Dieb sind!«

»Schlau ...«

»Wie bitte?« fragte sie amüsiert und lehnte sich gegen die Tür zum Bad.

»Nichts.«

»Es gibt sicher eine vernünftige Erklärung dafür, warum Sie hier in meinem Bad mit dem Kopf unter dem Waschbecken liegen.«

»Ruby sagt, Sie hätten sich über eine undichte Stelle beschwert.«

»Das stimmt, aber ich dachte, sie läßt das einen Profi reparieren.«

Trent glitt gerade so weit aus dem Schränkchen hervor, daß er sie ansehen konnte. »Hat Ihnen schon mal jemand gesagt, wie heikel Sie sind? Ich bin der Mann, der Ihren Abfluß repariert, verstanden?« Er tauchte wieder unter.

»Gut, das will ich auch hoffen. Das Leck hat mir einen ganzen Ballen Baumwolle verdorben.«

»Ja, ich habe noch ein paar feuchte Stellen gefunden.«

»Wonach riecht es hier eigentlich so penetrant?« wollte sie plötzlich wissen.

»Erinnern Sie sich an die Flasche Desinfektionsmittel, die hier stand?«

»O nein!«

»O doch! Aber es war nicht meine Schuld. Der Deckel war nicht richtig zugeschraubt. Und worüber beklagen Sie sich eigentlich? Schließlich liegen doch nicht Sie hier und müssen das Zeug einatmen.«

Da er sie nicht sehen konnte, nutzte Rana die Gelegenheit, seinen Körper zu betrachten. Er trug wieder abgeschnittene Jeans – offensichtlich seine Sommeruniform. Sein Hemd war verblichen und ausgefranst. Er hatte die Ärmel hochgekrempelt, so daß Rana seine gebräunten, muskulösen Oberarme sehen konnte. Er hatte das Hemd nicht zugeknöpft, und nun stand es weit offen, und sie sah seine nackte Brust.

Rana schluckte. Seine Arme waren hinter dem Kopf ausgestreckt. Jedesmal, wenn er sich bewegte, spielten die Muskeln auf seinem Brustkorb. Auf seinem Bauch lag ein Schraubenschlüssel. Die Shorts saßen so tief auf den Hüften, daß Rana kaum den Blick abwenden konnte.

»Ana?«

Schuldbewußt schrak sie zusammen. »Ja?«

»Ist was?«

»Nein, nichts.« War ihm aufgefallen, wie schwer ihr das Atmen fiel? Warum war sie überhaupt außer Atem? Sie hatte doch schon so viele spärlich bekleidete männliche Models gesehen! Sie brauchte nur an diese Bademodenwerbung für den ›Bazaar‹ denken – damals hatte man sie auf Jamaica fotografiert. Ja, sie erinnerte sich noch gut an diese tiefgebräunten, hünenhaften Männer mit den göttlichen Figuren, mit denen sie in allen möglichen verführerischen Stellungen posiert hatte. Aber nicht einer von ihnen hatte ihre Sinne so erregt wie jetzt Trent Gamblin.

»Geben Sie mir bitte den Schraubenschlüssel?«

»Den Schraubenschlüssel?«

»Ja. Ich habe die Hände nicht frei. Sehen Sie ihn?«

Und ob sie ihn sah!

»Ana?«

»Bitte?«

»Sind Sie von den Dämpfen des Desinfektionsmittels ohnmächtig geworden?«

»Nein – ich ...« Sie kniete sich neben ihn und streckte die Hand aus. Sie zitterte. Rana ballte die Faust. Heb den verdammten Schraubenschlüssel auf, gib ihn ihm und hör auf, dich anzustellen wie eine verschreckte alte Jungfer, befahl sie sich selbst. Sie zwang sich, ihre Hand auszustrecken, aber kurz bevor sie zupackte, schloß sie die Augen.

Das erwies sich als Fehler. Sie verschätzte sich und berührte die nackte Haut auf Trents Bauch.

Trent lag bewegungslos, nur ein Schauer lief über seinen Körper. Rana ergriff schnell den Schraubenschlüssel und schob ihn ihm zu. »Hier.«

Ungeschickt packte er das Werkzeug. »Danke.« Seine Stimme klang rauh.

»Gern geschehen.« Auch Ranas Stimme klang heiser.

»Ich bin hier gleich fertig.«

»Sie brauchen sich nicht zu beeilen.« Verlegen und voller Panik rappelte sie sich auf. »Ich muß ... ich habe noch ... die Farben!« Bevor sie sich noch weiter lächerlich machen konnte, war sie aus dem Bad entflohen.

Verstört packte sie ihre Einkäufe aus. Was würde er jetzt denken? Würde er denken ... Würde er wirklich denken ...?

Würde er glauben, sie hätte ihn absichtlich angefaßt? Hatte sie auch wirklich nur die Haut auf seinem Bauch berührt? Oder ...?! Großer Gott ... Sie hatte doch nicht etwa ...

Das war ein dummes Mißgeschick gewesen. Das hätte jedem passieren können. Als sie ihn eintreten hörte, wandte sie ihm den Rücken zu und hielt den Kopf gesenkt.

»Fertig«, erklärte er.

»Fein. Danke.«

»Ana?«

»Was ist?« Rana spürte, wie er hinter sie trat. Sie schloß die Augen. Sie wollte nicht die Wärme seines Körpers spüren. Da fühlte sie seine Hand auf ihrer Schulter, erst zögernd, dann fester.

»Ana?« flüsterte er weich. Sein Atem streifte über ihr Haar.

Es wäre so einfach gewesen. So einfach, dem Drängen seiner Hand nachzugeben und sich an ihn zu lehnen. Den Kopf an seine Brust zu legen. So leicht, sich umzudrehen, über seine Arme zu streichen, den Kopf zu heben und ihn zu küssen.

So einfach – und so verrückt!

Sogleich unterdrückte Rana ihre Sehnsucht und drehte sich um.

»Danke für Ihre Hilfe, Trent«, erklärte sie kurz. »Wie Sie sehen, bin ich sehr beschäftigt.«

Trent starrte sie verwundert an. Was sollte dieser förmliche Ton und die Kälte in ihrem Blick? War sie denn nicht auch ...?! Sein ganzer Körper stand in Flammen. Und sie tat so, als wäre nichts geschehen. Was zum Teufel hatte das zu bedeuten?

Er gab ja zu, daß er eine lebhafte Phantasie besaß, aber diese Szene vorhin hatte er sich ganz bestimmt nicht eingebildet!

Er hatte ihre Hand auf seiner Haut gespürt und wäre beinahe vor Erregung vergangen. Er begehrte Ana! Aber wenn sie so tun konnte, als ob nichts geschehen wäre, dann konnte er das auch!

»Tut mir leid, daß ich Sie belästigt habe, Miss Ramsey. Wenn ich das nächste Mal den Abfluß in Ihrem Bad repariere, werde ich zusehen, daß ich fertig bin, bevor Sie nach Hause kommen.«

Mit drei großen Schritten war er an der Tür und knallte sie wütend hinter sich zu.

Das Dinner an diesem Abend erwies sich als wenig erfreuliche Angelegenheit. Trent hatte das schon befürchtet und seiner Tante beinahe gesagt, daß er ausgehen würde. Sein selbstgewähltes Exil ödete ihn an. Er sehnte sich nach seinen rauhen Kameraden in Houston, einem Zug durch die Gemeinde. Nach einem guten Essen mit viel Alkohol. Und nach einem anschmiegsamen weiblichen Wesen, das ihm alle Wünsche von den Augen ablesen würde.

Er brauchte dringend eine Frau. Eine, bei der er nicht nachzudenken brauchte. Eine, die sich über ihn beugen, ihre Hände auf seinen Körper legen und das alles nicht später leugnen würde. Eine, die ihn verwöhnen und ihm zärtliche Worte ins Ohr flüstern würde. Er wollte weder Intellekt noch Kameradschaft. Und schon gar nicht – der Himmel mochte ihn davor bewahren – Freundschaft! Er wollte Sex! Einzig und allein.

Aber Ruby hatte sein Lieblingsessen, gefüllte Schweinekoteletts, zubereitet, und er konnte unmöglich einfach so nach dem Essen verschwinden. So saß er in dem schummrigen, mit Kerzen beleuchteten Eßzimmer, starrte auf Ana, die ihm gegenübersaß und kühl und gelassen wirkte, während in ihm heißes Verlangen brannte.

Ruby bemerkte die unterschwellige Feindseligkeit, obwohl sie sich kaum vorstellen konnte, was zwischen den beiden jungen Leuten vorgefallen war.

Als das Dinner endlich vorüber war, fühlte sie sich erschöpft und brauchte dringend einen Kräutertee – den ganz speziellen.

Um Miss Ramsey daran zu hindern, gleich nach oben zu laufen, bat Ruby sie, den Tee für sie zuzubereiten. Und damit Trent sich nicht drücken konnte, beklagte sie sich über den Thermostat an der Klimaanlage und bat ihren Neffen, danach zu sehen.

Alle drei trafen sich im Salon und setzten sich vor den Fernsehapparat. Auf dem Programm stand ein Spielfilm. Trent bekam wenig von der Handlung mit. Immer wieder wanderte sein Blick zu der Frau, die sich in dem bequemen Ohrensessel zusammengekauert hatte und durch große, blaugetönte Brillengläser auf den Bildschirm starrte. Warum trug sie keine einfache Brille wie jede normale Frau? Oder besser noch Kontaktlinsen?

Aber dann bezweifelte er, daß Ana Ramsey sich jemals so verhalten würde wie alle anderen. Sie schien fest entschlossen zu sein, ausgerechnet solche Kleidungsstücke auszuwählen, die ihr am allerwenigsten schmeichelten. Riesige Hosen, weite Hemden und formlose Röcke.

Irgendwie ärgerte er sich darüber, denn sie konnte bestimmt recht anziehend aussehen, wenn sie sich nur ein wenig Mühe gab. Warum machte sie nichts aus ihrem Haar? Am liebsten hätte er es ihr aus der Stirn gebürstet, so daß er ihre Gesichtszüge wenigstens ein einziges Mal ungestört betrachten könnte.

»Mein Tee ist nicht süß genug«, murmelte Ruby und stand von ihrem Platz auf dem Sofa auf, um kurz in die Küche zu verschwinden.

Trent rührte sich nicht; er saß da, brütete vor sich hin und warf Rana immer wieder verstohlene Blicke zu. Er wäre jede Wette eingegangen, daß sie sie bemerkte. Gelegentlich warf sie ihm aus den Augenwinkeln heraus einen Blick zu. Er freute sich, daß sie sich unbehaglich fühlte. Das geschah ihr recht! Hatte er sich nicht ihretwegen schon den ganzen Nachmittag unwohl gefühlt?

Ruby kehrte zurück und mit ihr unverkennbarer Whiskeyduft. Die Pendeluhr auf dem Büffet tickte laut und rhythmisch. Nur das alberne Gelächter in der banalen Komödie im Fernsehen unterbrach das lastende Schweigen im Raum.

Trent nahm von all dem wenig Notiz. Er versuchte herauszufinden, warum ihm diese Ana so zu schaffen machte. Die Frauen, die er kannte, teilten sich in zwei Gruppen – die, mit denen er ins Bett gehen wollte, und die, mit denen er schon geschlafen hatte. Alle Frauen der ersten Gruppe landeten unweigerlich irgendwann einmal in der zweiten.

Seine Aufmerksamkeiten wurden nicht oft zurückgewiesen. Und wenn jemand Schluß machte, dann war das er!

Ana Ramsey war anders als all diese Frauen. Und er kam einfach nicht dahinter, warum sie ihn so beschäftigte. Daß sie ihn heute nachmittag so berührt hatte, war ein Versehen gewesen, ein dummer Zufall, dessen war er sich ganz sicher. Aber es war passiert. Und jetzt war es ihr peinlich. Na und? Warum verhielt sie sich so abweisend? Konnte sie nicht mit einem Schulterzucken über das Ganze hinweggehen?

Wenn es je eine Frau gegeben hatte, die eine heiße Stunde – oder auch zwei – im Bett dringend nötig hatte, dann war es Ana Ramsey. Wieder spürte Trent, daß er schon viel zu lange ohne Frau gewesen war. Für ihn bedeuteten weibliche Wesen eben in erster Linie zärtliche Bettgenossinnen für ungestörte Schlafzimmerfreuden.

Zumindest wußte er jetzt, woran er mit sich selbst war. Er konnte mit einer Frau nicht ›nur befreundet‹ sein. Zum Teufel damit, den guten Kameraden zu spielen! Elende Heuchelei war das! Er hatte es versucht, aber es war schiefgegangen. Heute abend, während er dasaß und die reservierte Miss Ramsey anstarrte, hatte er nur noch an eins denken können – wie sie wohl nackt aussah.

»Glauben Sie, mit Ihrer Tante ist alles in Ordnung?« Bei dem unerwarteten Klang von Anas Stimme fuhr er hoch. »Was?« Hatte sie sein Schmollen endlich bemerkt? Dem Himmel sei Dank, sie sah ihm offen ins Gesicht und sprach mit ihm. Das hatte sie den ganzen Abend über vermieden.

»Ob's Ruby wohl gutgeht?« fragte sie und wies mit dem Kopf auf die ältere Frau.

Trent sah seine Tante an. Wie lange wohl hing ihr der Kopf schon so tief auf die Brust! Und wieso hatte er nicht schon früher ihr lautes Schnarchen gehört? Weil er zu sehr mit dem Problem Ana beschäftigt gewesen war, um irgend etwas um sich herum wahrzunehmen!

Er lächelte. »Wahrscheinlich hat sie zu viel ›Tee‹ getrunken.«

Rana erwiderte sein Lächeln. Es war ein sehr schönes Lächeln. Ihre Zähne leuchteten blendend weiß.

»Sollen wir sie wecken?« fragte sie.

»Das bringt sie vielleicht in Verlegenheit.«

»Sie haben recht.« Rana erhob sich und schaltete den Fernsehapparat aus. Das Zimmer erschien sofort viel dunkler. Sie bewegte sich leise auf das Sofa zu, auf dem Ruby saß und schlief. Auch Trent stand auf.

»Können Sie sie in ihr Zimmer tragen?« Rana legte den Kopf zurück und sah ihn an.

»Ich glaube schon.«

Einen Augenblick lang bewegten sie sich beide nicht. Sie standen nur da und blickten sich an. Das rhythmische Tick-Tack der Uhr untermalte Rubys sanftes Schnarchen. Der Raum schien auf einmal beängstigend eng zu werden. Sie beide hatten Mühe, Atem zu holen.

Sie standen in lichterlohen Flammen.

Rana brach das Schweigen als erste. »Können Sie sie hochheben?«

»Klar.« Trent war froh, daß er sich bewegen konnte. Wenn er nicht auf der Stelle Energien loswerden könnte, würde er explodieren. Er bückte sich und schob einen Arm unter die Knie der alten Dame, den anderen hinter ihren Rücken, dann hob er sie hoch. Dabei verzog er das Gesicht.

Rana legte ihre Hand auf seinen Arm. »Haben Sie Schmerzen in der Schulter?«

»Es geht schon.« Er sah hinunter auf ihre Hand.

Schnell zog Rana sie zurück. »Daran habe ich überhaupt nicht gedacht. Sonst hätte ich sie nicht gebeten, Ruby zu tragen.«

»Gehen sie doch schon mal vor und decken das Bett auf.«

Sie verließ rasch das Zimmer. Rubys Apartment lag im Erdgeschoß im hinteren Teil des Hauses. Es war vollgestellt mit Erinnerungsstücken und Denkwürdigkeiten eines ganzen Lebens. An das Schlafzimmer schloß sich ein kleines Bad an. Insgesamt war Rubys Wohnbereich viel kleiner als der ihrer Gäste.

Rana schlug die gehäkelte Tagesdecke und das Laken zurück. Dann legte Trent seine Tante behutsam aufs Bett. Sie war nicht aufgewacht.

»Danke. Ich ziehe sie noch aus«, erklärte Rana.

Das überraschte ihn. Keine der Frauen, die er kannte, würde freiwillig so etwas tun. Plötzlich schämte er sich. Den ganzen Nachmittag und den ganzen Abend hatte er seinen Groll gegen Ana gehegt und gepflegt und sie im Geist wüst beschimpft – sein Repertoire reichte von ›vertrocknete alte Jungfer‹ bis ›herzloses, zickiges Weib‹.

Wenn schon er so heftig auf ihre zufällige Berührung vom Nachmittag reagiert hatte, wie mochte ihr da wohl zumute sein? Wahrscheinlich fühlte sie sich tief gedemütigt. Und jetzt stand sie hier und bot sich aus reiner Freundschaft an, seine beschwipste alte Tante auszuziehen.

Ein starkes, neues Gefühl stieg in ihm auf. Es war so überwältigend, daß er kaum sprechen konnte. Er nickte nur und verließ das Zimmer. Als Rana ihm kurze Zeit später folgte, war sie überrascht, daß er in der Halle auf sie wartete. »Alles in Ordnung?«

»Ja. Sie hat friedlich weitergeschnarcht.«

Sie gingen durchs Haus. Im Vorübergehen knipste Trent die Lampen aus. Seine Schritte waren dicht hinter ihr auf der Treppe.

Als sie ihre Apartments erreicht hatten, sahen sie sich unsicher an. Eine kleine Lampe warf ein schwaches Licht über den Flur.

Wie sehnte er sich danach, sie zu berühren. Himmel, er war verrückt nach ihr! Er wollte seine Handfläche an ihre Wange legen, nur um zu sehen, ob sie sich auch so weich anfühlte, wie sie aussah.

Er wollte mit den Fingern durch das dichte, seidige Haar fahren, das ihr lang auf den Rücken herabhing, wollte es aus ihrem Gesicht streichen, damit er nicht länger den Eindruck hatte, es nur wie durch einen Schleier zu sehen.

Er wollte ihr die Brille abnehmen und in ihre Augen sehen, ihre Farbe erkennen und ihr Geheimnis lüften.

Er wollte unter ihrer unförmigen Kleidung ihren Körper ertasten, ihre Brüste entdecken, die ihn in seiner Vorstellung so sehr beschäftigten. Er wollte ihre Lippen küssen. Und sein Körper signalisierte ihm, daß er noch viel mehr wollte.

»Gute Nacht, Ana.« Seine Stimme klang belegt.

»Gute Nacht, Trent.« Rana ging sofort ins Bett und streckte sich unter dem kühlen Laken aus. Sie zitterte am ganzen Körper. Sie hatte sich so nach seiner

Berührung gesehnt. Faß mich an, hätte sie am liebsten gerufen, berühre mich! Nur mit Mühe hatte sie sich daran hindern können, das auch wirklich zu tun.

Aber Rana Ramsey war eine graue Maus, und Trent Gamblin schlief wohl nur mit attraktiven Frauen.

Himmel, woran dachte sie da? Sie war doch diejenige gewesen, die nur Freundschaft gewollt hatte. Und jetzt, da sie ihr Ziel erreicht hatte – wollte sie etwa doch mehr?

Sie mußte ehrlich zugeben, daß sie es nicht wußte. Wenn sie mit Trent zusammen war, fühlte sie sich entweder hundsmiserabel oder überglücklich. Warum?

Bei seinem Anblick wurden ihr die Knie weich. Der Klang seiner Stimme jagte ihr Schauer über den Rücken.

Am schlimmsten war, daß sie nicht aufhören konnte, an ihn zu denken. Das war gefährlich und ganz einfach dumm. Nicht lange, und er würde in sein Trainingscamp abreisen. Und dann? Dann würde aus ihm wieder der gefeierte Footballspieler, der Star, der sich in seiner Berühmtheit sonnte. Er würde sie vergessen.

Dabei hatte sie schon genug eigene Probleme, auch ohne Trent Gamblin. Morgen würde Morey anrufen und ihre Antwort auf den angebotenen Vertrag erwarten.

Wollte sie zu ihrem Leben in New York zurück? Wollte sie wieder ›die Rana‹ werden? Wäre das nicht sicherer, als sich in Trent zu verlieben? War es klug, ein Problem gegen ein anderes einzutauschen? Wie viele Möglichkeiten gab es, ein Herz zu brechen? Egal, wie ihre endgültige Entscheidung ausfallen würde – eins war ganz sicher: Sie mußte sich von Trent fernhalten.

Morgen würde sie damit beginnen.

5

Als Trent am nächsten Morgen an ihre Tür kam, um sie zum Joggen abzuholen, tat Rana so, als würde sie sein Klopfen nicht hören. Schließlich ging er fort, und sie seufzte vor Erleichterung auf. Und vor Enttäuschung. Sie hatte sich an diese morgendlichen Läufe gewöhnt, und sie hatten ihr stets Spaß gemacht.

Sorgfältig bügelte sie den Wickelrock, an dem sie gearbeitet hatte, hängte ihn auf einen Kleiderbügel und schob eine Plastikfolie darüber. Bei aller Bescheidenheit hielt sie den Rock für ihre beste Arbeit und hoffte, er würde Mrs. Rutherford gefallen.

Zum Anziehen benötigte sie nicht annähernd soviel Zeit wie früher. Sie wusch ihre Haare, ließ sie jedoch an der Luft trocknen. Auf ihrem Gesicht, das eine schöne braune Farbe angenommen hatte – auch das war ihr als Kind verwehrt worden, denn ihre Mutter hatte sie nie zum Spielen oder Schwimmen an den Strand gelassen, aus Angst, die Sonne könnte Ranas Haut ruinieren –, verteilte sie eine Feuchtigkeitscreme; auf Make-up verzichtete sie.

Schließlich setzte Rana die Brille auf und zog ein gerade geschnittenes, schlammfarbenes Sackkleid ohne Gürtel an. Barry würde entsetzt sein. Dann lief sie die Treppe hinunter, um vor dem Wegfahren noch schnell zu frühstücken.

»Haben Sie Trent heute morgen schon gesehen?« fragte Ruby, während sie ihr eine Tasse Kaffee einschenkte. Rana bemerkte, daß sie sich ausgesprochen vorsichtig bewegte und bei jedem lauten Geräusch zusammenzuckte. Sie verbarg ihr Lächeln hinter der Kaffeetasse.

»Nein, warum?«

»Er hat eine schreckliche Laune. Ich dachte, er hätte Ihnen vielleicht beim Laufen erzählt, warum.«

»Ich bin heute früh nicht gejoggt, weil ich mich für die Fahrt nach Houston fertig machen mußte. Ich habe ihn nicht gesehen.«

»Nun, er hatte sich aufgeführt wie ein beleidigter Gockel. Vor ein paar Minuten kam er vom Laufen, stapfte herein, als wollte er alles niederwalzen und machte ein Gesicht wie sieben Tage Regen. Dann ist er sofort nach oben gegangen. Nicht mal seinen Fruchtsaft hat er getrunken.«

»Hm«, meinte Rana nur, während sie sich Butter auf eine Scheibe Toast strich. »Vielleicht ist er mit dem falschen Bein aufgestanden.«

War er beleidigt, weil sie nicht mit ihm gejoggt war? Manchmal benahm er sich wie ein kleiner Junge. Irgendwie rührte sie das an, und unwillkürlich mußte sie lächeln. Doch schnell unterdrückte sie diese neue Regung ebenso wie alle anderen Gefühle Trent gegenüber. Sie konnte sich keine Emotionen erlauben. Ihm gegenüber mußte sie sich ganz neutral verhalten.

»Ich muß losfahren, Ruby.« Hastig trank sie einen letzten Schluck Kaffee. »Ich werde wohl erst am späten Nachmittag zurückkommen.«

»Viel Erfolg bei Ihren Geschäften, meine Liebe. Und fahren Sie vorsichtig. Auf den Straßen ist es so gefährlich heutzutage.«

»Ich passe schon auf.« Sie küßte Ruby flüchtig auf die Wange und verließ das Haus durch die Hintertür.

Die geräumige Garage im Hinterhof war erst später

an die Villa angebaut worden. Rana war froh, daß Trents Sportwagen hinter Rubys Auto parkte, so war sie nicht gezwungen, ihn zu bitten, Platz zu machen. Sie hängte den Rock an einen Haken im hinteren Teil ihres alten Wagens und setzte sich ans Steuer.

Zuerst dachte sie nichts Böses, als der Motor nur stotterte und hustete. Der Wagen machte immer Schwierigkeiten beim Anspringen. Aber nach etlichen vergeblichen Versuchen fing Rana an zu fluchen. In der Garage war es heiß und stickig, selbst zu dieser frühen Morgenstunde. Sie versuchte es wieder und wieder und wurde von Mal zu Mal wütender. Sie war an keine feste Uhrzeit gebunden, mußte aber unbedingt an diesem Tag nach Houston.

»Verflixt!« rief sie und schlug mit der Faust auf das Lenkrad. Barry würde aus der Haut fahren, wenn sie heute nicht den Rock ablieferte.

Rana stieg aus und lief zurück an die Hintertür. »Ruby!« rief sie ins Haus hinein. »Gibt es eine Busverbindung von Galveston nach Houston?«

Als sie in die Küche trat, sah sie Trent am Tisch sitzen. Er aß schweigend Eier mit Speck. Ruby kühlte ihren Kopf mit einem Eisbeutel und nippte an der Kaffeetasse.

Bei Ranas Anblick ließ sie den Eisbeutel sinken. »Ich dachte, Sie seien längst weg, meine Liebe.«

Resolut wandte Rana den Blick von Trent ab. Er trug ein Sporthemd und eine dünne Leinenhose. Über der Stuhllehne hing ein leichtes Sportjackett.

»Mein Auto springt nicht an. Ich muß mit dem Bus nach Houston fahren. Wo ist eine Haltestelle?«

»Ich muß heute auch nach Houston. Ich nehme Sie mit«, erklärte Trent.

»Was bist du doch für ein lieber Junge!«

Ruby lächelte ihren Neffen voller Zuneigung an. »Setzen Sie sich, Rana, und trinken Sie noch eine Tasse Kaffee.«

»Aber ...« Rana befeuchtete ihre trockenen Lippen. »Ich muß allein hinfahren.« Unmöglich konnte sie Trent mit in Barrys Modehaus nehmen. Barry könnte sich verplappern oder auf irgendeine andere Art und Weise ihr Geheimnis aufdecken. In der Nacht hatte sie lange mit dem Gedanken gespielt, Moreys Vertragsangebot anzunehmen. Wenn sie wieder in ihren alten Job zurückkehrte, konnte sie sich viel Kummer ersparen. Dann würde sie keine Gelegenheit mehr haben, sich enger mit Trent einzulassen. Aber dann mußte sie auch einfach von der Bildfläche verschwinden. Er sollte nie erfahren, daß sie nicht die unscheinbare Miss Ana Ramsey war, für die er sie hielt. Wenn er jemals etwas über ihr anderes Leben erfahren würde, wäre er mit Sicherheit wütend über ihren Betrug.

»Wahrscheinlich muß ich in einen ganz anderen Stadtteil als Sie«, fuhr sie fort.

»Wohin müssen Sie denn?«

»In die ›Galerie‹.«

»Fein.« Er nickte, als wollte er sagen: Abgemacht. »Ich muß wegen meiner Schulter zum Arzt. Seine Praxis ist ganz in der Nähe. Sind Sie fertig?« Er stand auf.

»Nein, wirklich, ich kann Sie unmöglich belästigen«, erwiderte sie verzweifelt.

»Schauen Sie.« Mit einem Ruck zog er das Jackett von der Stuhllehne. »Ich muß doch sowieso dahin. Es wäre doch verrückt, wenn Sie mit dem Bus nach Houston führen. Also, fahren Sie mit oder nicht?«

Nein, Rana wollte nicht. Dabei blieb ihr kaum eine andere Wahl. Sie ließ den Kopf hängen. »Danke, ja, ich komme mit«, murmelte sie.

Sie verabschiedeten sich von Ruby, die sie noch einmal ermahnte, vorsichtig zu fahren. In Trents Sportwagen faltete Rana den Rock auf ihrem Schoß.

»Schade.« Trent warf einen Blick darauf. »Es gibt hier nichts zum Aufhängen.«

»Das macht nichts.« Das blieb ihre ganze Unterhaltung bis kurz vor Houston. Auf einmal fragte Rana:

»Was macht Ihre Schulter?«

»Warum sind Sie heute morgen nicht mit mir gelaufen?«

»Ich hatte keine Zeit. Ich mußte mich für die Fahrt nach Houston fertig machen.«

»Konnten Sie mir das nicht sagen?«

»Wahrscheinlich war ich gerade unter der Dusche, als Sie geklopft haben. Jedenfalls habe ich nichts gehört.«

»Ich habe auch kein Wasserrauschen gehört.«

»Horchen Sie immer an meiner Tür?«

»Belügen Sie mich immer?«

Sie fielen wieder in tiefes Schweigen, das nur von Trents unterdrückten Flüchen über den dichten Verkehr in Houston unterbrochen wurde.

Nach einer Weile schämte sich Rana über ihr schnippisches, kindisches Verhalten. »Wie geht's Ihrer Schulter?« fragte sie noch einmal.

»Ich verstehe Sie nicht, Ana!« rief Trent erregt aus, als hätte er nur da gesessen, still vor sich hingewütet und auf den richtigen Moment gewartet, seinem Ärger Luft zu machen. Er riß das Steuer herum und überholte eine Gruppe von Motorradfahrern.

»Sie haben mich beschimpft, als ich bei Ihnen Annäherungsversuche gemacht habe. Nun gut, Sie haben mich in meine Schranken gewiesen, und ich habe eingesehen, daß ich es verdient habe. Dann dachte ich, wir wären Freunde. Aber Sie sind nie offen gewesen. Ich weiß nie, woran ich mit Ihnen bin. Sie sind einfach steif und unbeugsam und hochnäsig. Kein Wunder, daß Ihnen der Mann davongelaufen ist und Sie keine Freunde haben!«

Er steuerte den Wagen in einer der Zufahrtsstraßen zu dem riesigen Komplex des Einkaufszentrums.

»Sie können mich hier rauslassen«, erwiderte Rana verkniffen. Ihre Hand lag schon auf dem Türgriff.

Trent brachte den Sportwagen mit quietschenden Bremsen zum Stehen, und Rana stieg mit einem gequälten »Danke« aus.

»In zwei Stunden?«, fragte er.

»Gut«, entgegnete sie und knallte die Tür hinter sich zu.

Barry trug auch nicht dazu bei, ihre Laune zu verbessern. Im Geschäft hielten sich einige Kundinnen auf, die jedoch von seinen eifrigen Verkäuferinnen beraten wurden. Kaum hatte er Rana eintreten sehen, packte er sie am Arm und zog sie durch den Laden in sein Büro.

Anders als der gediegene und edel in Pastelltönen gestaltete Verkaufsraum war sein Büro vollgestellt und unordentlich. Es roch intensiv nach Zigarettenqualm. Barry baute sich vor Rana auf und verschränkte die Arme vor der Brust.

»Du liebe Güte, du siehst ja noch schrecklicher aus als sonst«, rief er entsetzt.

»Komm du mir nicht auch noch dumm, Barry«, erwiderte sie, hängte Mrs. Rutherfords Rock auf einen Kleiderbügel und sank auf den einzigen freien Stuhl. »Ich habe schon einen anstrengenden Vormittag hinter mir.«

»Du siehst aus wie durch die Mangel gezogen.«

»Danke. So fühle ich mich auch. Was soll eigentlich das Poster von mir in deiner Wäscheabteilung? Ich möchte anonym bleiben, aber du scheinst das nicht zu begreifen. Wie konntest du das tun, Barry?«

»Ich verkaufe damit Höschen, mein Schatz. Dutzende. Glaub mir«, fuhr er fort, und dabei glitt sein Blick geringschätzig über ihre schäbige Aufmachung. »Dich wird niemand erkennen. Ich werde weiter mein Bestes tun, dich geheimzuhalten. Wenn meine Kundinnen ihr Idol ›Ana R.‹ sähen, würden sie schreiend davonlaufen. Die meisten halten dich sowieso für eine exzentrische Künstlerin, und ich bestärke sie in dieser Annahme, aber daß du wie ein Lumpensammler aussiehst, würden sie nicht mal in ihren kühnsten Träumen vermuten.«

»Hast du ein Mineralwasser?«

»Ja.« Barry öffnete einen kleinen Kühlschrank. »Aber mach's dir nicht zu gemütlich. Wir haben jede Menge Geschäftliches zu bereden. Übrigens, der Rock ist phantastisch.« Er hatte den Plastiksack hochgezogen und betrachtete prüfend das Kleidungsstück. »Mrs. Rutherford wird ganz aus dem Häuschen sein.«

Anderthalb Stunden später erhob sich Rana, um sich zu verabschieden; mit einem neuen Vorschlag, den sie überdenken mußte, einem dicken Scheck und vier weiteren Aufträgen in der Tasche. »Glücklicherweise habe ich erst kürzlich ein paar Seiden- und Baumwollstoffe günstig erstanden«, stellte sie fest. »Deine Näherin soll mir nächste Woche die Maße der Kundinnen schicken.« Sie schwieg einen Moment. »Und zwar die, die sie selbst genommen hat, nicht die, die sie ihr angegeben.«

Barry griff mit beiden Händen in Ranas Haare und strich sie ihr aus dem Gesicht. »Ah, wenigstens ein kleiner Blick auf die alte Rana. Warum willst du nicht, daß ich dich zu Neimann schicke, damit er dein Haar und dein Make-up in Ordnung bringt? Dann würde ich dich mit dieser neuen Ungaro-Kollektion ausstaffieren. Warte, da habe ich noch ein weißes Jerseykleid von Kamali, wie für dich geschaffen. Hast du nicht Lust auf eine kleine Modenschau hier in meinem Haus? Meine Umsätze würden sprunghaft ansteigen. Es wäre für uns beide nicht schlecht.«

Rana schüttelte den Kopf, und er ließ ihr Haar los. Bedauernd beobachtete er, wie es wieder so viel von ihrem klassischen Gesicht verdeckte. »Nein, Barry.«

»Wirst du jemals wieder zu der Arbeit zurückkehren, die du besser verstehst als jede andere, Liebes?«

»Morey hätte es gern.« Sie erzählte Barry von dem Zweijahresvertrag, den er ihr angeboten hatte. »Ich habe mich noch nicht entschieden.«

Er seufzte. »Bist du glücklich, Rana?«

»Glücklich?« War sie jemals in ihrem Leben glücklich gewesen? War das überhaupt irgend jemand? »Ich bin zufrieden. Ich glaube, das ist alles, was ich verlangen kann«, antwortete sie.

Aber sie wollte nicht zu sentimental werden. Deshalb küßte sie ihn auf die Wangen, bedankte sich noch einmal für die Aufträge und versicherte, daß sie sich seine neue Idee durch den Kopf gehen lassen würde.

Als sie draußen auf der Straße stand, fiel ihr ein, daß sie keinen festen Treffpunkt mit Trent verabredet hatte. Darüber brauchte sie sich aber nicht lange Gedanken zu machen, denn schon bald entdeckte sie ihn, wie er ziellos durch die Geschäftsstraße schlenderte und nur stehenblieb, um den Eisläufern auf der Bahn im Innern des Einkaufszentrums zuzusehen.

Wie gut er aussah! Immer, wenn sie ihn sah, überraschte es sie aufs neue, wie stark sie sich von ihm angezogen fühlte. Er wirkte nicht so bullig wie viele Profifootballer, aber stark und muskulös, selbst in dem gutgeschnittenen Sportjackett und der Leinenhose. Rana mochte sein dunkles, dichtes Haar. Jetzt trug er eine Sonnenbrille, wahrscheinlich, damit ihn keine Fans erkannten.

Langsam ging sie auf ihn zu, froh, daß sie Gelegenheit hatte, ihn zu betrachten, ohne daß er es wußte. Als sie noch ein ganzes Ende von ihm entfernt war, wandte er den Kopf in ihre Richtung. Er mußte sie sofort erkannt haben, denn er bahnte sich schnell durch die Menge einen Weg auf sie zu.

»Es tut mir so leid, Ana.« Atemlos brachte er die Worte heraus, kaum hatte er sie erreicht. »Was ich gesagt habe, war ...«

Eine hektische Dame vollbeladen mit Einkaufstüten rempelte ihn von hinten an.

Trent ergriff Ranas Arm, zog sie aus der Menge heraus und drängte sie an die Häuserwand. Rana mußte den Kopf zurücklegen, um zu ihm aufzusehen. Er nahm die Brille ab und steckte sie in die Brusttasche seines Jacketts. Seine dunklen Augen blickten umwölkt.

»Was ich eben im Auto gesagt habe, war unverzeihlich«, erklärte er. »Ich habe es nicht so gemeint. Ich war nur furchtbar sauer.«

»Sie brauchen sich nicht zu entschuldigen, Trent.«

»Doch. Hier, die sind für Sie.« Er hielt ihr einen kleinen Strauß Maßliebchen entgegen. »Eigentlich wollte ich Rosen, aber die waren ausverkauft. Verzeihen Sie mir? Bitte.«

Tränen traten ihr in die Augen. Schweigend starrte sie auf die Blumen. Sie senkte das Gesicht und vergrub ihre Nase in den Blüten. So oft schon hatte man ihr Blumen geschenkt. Extravagante Arrangements aus Rosen und Orchideen. Sie alle hatten ihr nichts bedeutet. Dieser kleine, unscheinbare Blumenstrauß war das schönste Geschenk, das man ihr jemals gemacht hatte.

»Danke, Trent. Sie sind wunderschön.«

»Ich hatte kein Recht, so zu Ihnen zu reden.«

»Ich habe Sie provoziert.«

»Egal, es tut mir leid.«

»Ich nehme die Entschuldigung an.«

Die Einkaufsstraße war belebt. Fußgänger eilten an ihnen vorüber. Aber sie beide rührten sich nicht vom Fleck. Trent sah sie immer noch an.

»Warten Sie schon lange auf mich?« fragte er.

»Nein. Ich habe Sie vom Atrium aus gesehen.«

»Ich bin so außer mir gewesen, daß ich Ihnen noch nicht einmal einen Treffpunkt vorgeschlagen habe.«

»Ist schon gut. Wir haben uns ja gefunden.«

»Ja. Wir haben uns gefunden.«

Immer noch sah er ihr tief in die Augen, und auf einmal erhielten ihre Worte eine tiefere Bedeutung. Trent trat näher auf sie zu. Seine Hand berührte zart ihre Wange, und er flüsterte ihren Namen. Dann senkte er den Kopf und küßte sie auf die Stirn.

Rana hielt den Atem an. Sie bewegte sich nicht. Die Maßliebchen hielt sie fest an die Brust gepreßt. Sie hörte das Rascheln der Cellophanhülle und spürte die Feuchtigkeit der Blüten auf ihren Armen.

Aber ihre Aufmerksamkeit galt nur dem Mann vor ihr. Er duftete nach Sommersonne und einem würzigen Aftershave. Am liebsten hätte sie ihr Gesicht an seinem Hals vergraben und tief eingeatmet. Seine Lippen fühlten sich warm auf ihrer Haut an. Sein unregelmäßiger Atem streifte über ihr Gesicht. Mit übermenschlicher Anstrengung hielt Rana sich davon ab, ihre Arme um ihn zu schlingen und ihn für immer festzuhalten. Trent zögerte unschlüssig, dann trat er einen Schritt zurück. »Wir wollen hier raus«, meinte er, nahm ihren Arm und führte sie zum Auto.

»Was ist mit Ihrer Schulter?« fragte Rana, als sie sich bereits wieder in den Verkehr eingefädelt hatten.

Trent lachte. »Das haben Sie mich heute schon ein paarmal gefragt.«

»Und nie eine Antwort bekommen. Was hat der Arzt gesagt?«

»Er meinte, daß ich bis zum Sommercamp wieder in Topform bin.«

»Trent, das ist ja wunderbar«, rief sie enthusiastisch aus und kämpfte gleichzeitig gegen eine Welle von Traurigkeit an, die sie bei seiner Neuigkeit überkommen hatte. Wenn er ins Trainingslager abreiste, würde er auch für immer aus ihrem Leben gegangen sein.

»Ich glaube, das kommt nur von der Ruhe und der Erholung.« Er grinste sie breit an. Sein gebräuntes Gesicht strahlte. »Hungrig?«

Rana nickte. »Ich habe seit dem Frühstück nichts mehr gegessen«, erwiderte sie.

»Ich auch nicht.«

Er fuhr sie zu seinem mexikanischen Lieblingsrestaurant. Rana, die begonnen hatte, Geschmack an diesen scharf gewürzten Speisen zu finden, stimmte zu. Doch als sie das Lokal sah, kamen ihr Zweifel.

»Kommen wir da auch lebend wieder heraus?« fragte sie argwöhnisch, als er auf dem vollbesetzten Parkplatz des Restaurants hielt. Es sah ziemlich heruntergekommen aus. Eher wie eine ›Cantina‹, eine billige kleine Kneipe, als wie ein Speiselokal. Der Holzfußboden der Veranda knarrte verdächtig. Das Schild über dem Eingang war kaum noch zu entziffern. Die Fenster waren so schmutzig, daß man nicht hindurchsehen konnte, und auf den Fensterbänken standen Töpfe mit staubigen Plastikblumen in allen möglichen scheußlichen Farben.

»Ich habe nicht gesagt, daß es hier gut aussieht, nur daß es hier gut schmeckt.«

Sie lachten und scherzten während der ganzen Mahlzeit. Trent bestellte bei einer dicken Wirtin, die ihm liebevoll die Wange tätschelte und ihn ›Angelito‹ nannte.

Nachdem sie das Restaurant verlassen hatten, fuhr er Rana durch die Stadt und zeigte ihr die üblichen Sehenswürdigkeiten, aber auch interessante Orte, die ein Fremder sonst kaum zu sehen bekam.

Als sie endlich nach Galveston zurückkehrten, war es schon dunkel. Ruby wartete bereits an der Hintertür auf sie.

»Ich habe mir Sorgen gemacht«, bemerkte sie. »Trent, du hast mir doch versprochen, heute abend mit mir kegeln zu gehen.«

Er stöhnte innerlich, doch seiner Tante zuliebe lächelte er. »Das habe ich nicht vergessen. Ich habe mich schon die ganze Woche darauf gefreut. Kann Ana auch mitkommen?« fügte er hinzu.

»Aber ja«, erwiderte Ruby. »Je mehr wir sind, desto lustiger wird es doch!« Aber Rana wollte Rubys Abend mit ihrem angebeteten Neffen nicht stören. »Ich kann nicht kegeln. Geht ihr beide allein. Ich bin müde und möchte sowieso früh ins Bett.«

Für Rana war dies einer der glücklichsten Tage in ihrem Leben gewesen, und sie wollte ihn jetzt beenden, bevor vielleicht noch etwas passierte, das alles wieder ruinierte.

Rana wollte gern glauben, daß Trent von ihrer Antwort enttäuscht war, und er sah auch ganz so aus, als seine Tante ihn praktisch zur Tür zerrte.

Er drehte sich noch einmal nach Rana um, als diese ihnen zum Abschied nachwinkte.

Irgendwie hatte sie den Eindruck, er wäre lieber bei ihr geblieben, als seine Tante auf die Kegelbahn zu begleiten. Bei seinem Lächeln wurde ihr ganz warm ums Herz.

In ihrem Zimmer stellte sie die Maßliebchen in eine Vase und plazierte dies so, daß sie sie vom Bad aus sehen konnte. Sie brauchte jetzt dringend ein heißes Schaumbad. Als sie gerade aus der Wanne stieg, klingelte das Telefon.

»Wo hast du den ganzen Tag gesteckt?« fragte eine ruppige Stimme, als sie den Hörer abhob.

»Guten Abend, Morey. Ich mußte nach Houston«, erwiderte sie fröhlich.

»Das hat mir deine Wirtin auch erzählt.«

»Du wärst stolz auf das Geld, das ich verdient habe.«

»Schade, daß ich keine Prozente bekomme.«

Wieder einmal fragte sich Rana, wie tief Morey durch seine Spielleidenschaft in finanziellen Schwierigkeiten stecken mochte. Aber bevor sie danach fragen konnte, kam er schon zur Sache. »Hast du's dir überlegt?«

»Ja, Morey.«

»Und?«

»Meine Antwort ist nein.« Rana hatte ihren Entschluß sorgfältig überdacht und jeden Aspekt geprüft. Noch letzte Nacht hatte sie mit dem Gedanken gespielt, ihr früheres Leben wieder aufzunehmen, obwohl es sie unglücklich machen würde. Aber heute, als Trent ihr die Blumen schenkte, hatte sie erkannt, welch große Fortschritte sie gemacht hatte. Ein Mann hatte ihr Blumen geschenkt, unabhängig davon, ob sie gut aussah oder nicht. Die Maßliebchen stellten keinen Tribut an ihre Schönheit dar, sondern galten einzig ihrer Persönlichkeit.

Sie wollte nicht in diese künstliche Werbewelt zurückkehren, wo sie nur etwas darstellte, weil der liebe Gott sie zufällig mit einem hübschen Gesicht und einem schönen Körper bedacht hatte.

»Weißt du eigentlich, was du alles aufgibst, Rana?« wollte Morey wissen.

»Bitte versuch nicht, mich zu überreden, Morey. Ich bin mir ganz sicher. Ich habe nicht gesagt, daß ich nie zurückkomme. Nur jetzt noch nicht.«

Sein tiefer Seufzer zeigte, wie enttäuscht er war, aber laut sagte er nur: »Das war's dann also, oder?«

»Ja, das wär's.«

Dann sprachen sie über andere Dinge. Rana fragte ihn danach, wie es Susan ging. Morey äußerte sich ausgesprochen grob über ihre Mutter, versicherte ihr jedoch, daß es ihr gut ging.

»Sie wird aus der Haut fahren, wenn ich ihr erzähle, daß du dieses Angebot abgelehnt hast. Und da du nicht hier bist, wird sie ihre Wut an mir auslassen.« Ein tiefer Seufzer folgte.

»Ich weiß, und es tut mir leid, daß du den größten Teil ihres Zorns wirst ertragen müssen.« Sie schwieg einen Moment. »Bist du sehr enttäuscht, Morey?«

»Ja. Ich glaube, du bist verrückt. Aber ich mag dich immer noch.«

»Ich mag dich auch. Tut mir leid, daß ich dir so viel Ärger mache.«

»Das Leben ist nun mal so, Rana. Voller Enttäuschungen«, antwortete er.

Nach einer Weile verabschiedete sie sich. Rana

wünschte, sie würde sich bei ihrer Entscheidung wohler fühlen. Statt dessen war sie nach dem Gespräch mit Morey deprimiert.

Da fiel ihr Blick auf den Blumenstrauß. Schnell kehrte ihre gute Laune zurück, und sie schlief mit einem zufriedenen Lächeln ein.

Rana schlief lange. Als sie die Augen aufschlug und aus dem Fenster sah, stand die Sonne schon hoch am Himmel. Ein Blick auf den Wecker bestätigte ihr, wie lange sie geschlafen hatte. Sowie sie aufgestanden war, entdeckte sie den Zettel unter der Tür.

Ich habe zweimal geklopft, aber keine Antwort erhalten. Auch nichts gehört. Ja, ich habe mal wieder an Ihrer Tür gelauscht. Wahrscheinlich schlafen Sie lange. Einverstanden. Bis später.

Der Zettel trug keine Unterschrift, aber die kaum leserliche Schrift war Rana nur allzu bekannt.

Sie zog sich an und lief hinunter. Das Haus war wie ausgestorben. Da fiel ihr ein, daß Ruby heute im Gewächshaus arbeiten wollte. Sie entschied, einen Blick hineinzuwerfen.

Im Innern des Glashauses war die Luft heiß und feucht, aber Rana liebte den Geruch von frischer Erde. Es war kein Laut zu hören. Kondenswasser tropfte von den gläsernen Wänden. Das Geräusch von Ranas Schritten wurde vom feuchten Erdboden verschluckt. Sie schlenderte die langen Tische mit den ordentlich aufgereihten Topfpflanzen entlang und bewunderte die exotischen Blätter und Blüten.

»Nichts zu tun heute?«

»Oh!« Mit einem kleinen Aufschrei fuhr sie herum.

»Ach du liebe Güte! Jetzt habe ich es schon wieder getan – mich an Sie herangeschlichen und Sie erschreckt! Es tut mir leid, das wollte ich nicht.« Trent lud einen Sack Torf von seiner Schulter und wischte sich die Hände am Hosenboden ab.

Rana lächelte. »Ich weiß. Es ist nur so unheimlich still hier drin. Übrigens, guten Morgen. Wo ist Ruby?«

»Ich habe sie ins Haus geschickt, damit sie sich hinlegt. Es ist so heiß und stickig hier, daß ihr ganz schwindlig wurde. Ich habe ihr versprochen, die Arbeit für sie weiterzumachen«, erklärte er.

»Und was?«

»Diese Pflanzen hier einzutopfen.« Er wies auf eine Reihe Begonien.

»Schöne Blumen«, stellte Rana fest und krempelte ihre Hemdsärmel auf. »Ich helfe Ihnen.«

»Das brauchen Sie aber nicht.«

»Ich möchte aber.«

Als Kind hatte sie sich beim Spielen nie schmutzig machen dürfen. Nichts war ihr erlaubt worden, was die Perfektion hätte zerstören können. Ihr Haar mußte immer tadellos in Form liegen. Sie durfte weder radfahren noch Rollschuh laufen, damit sie sich nicht die Knie aufschürfte. Kleine Verletzungen oder gar Narben mußten um jeden Preis vermieden werden. Als Teenager hatte sie sich manchmal dagegen aufgelehnt. Wenn ihre heimlichen Sünden jedoch entdeckt wurden, war der Zorn ihrer Mutter so groß gewesen, daß Rana irgendwann auf weitere Abenteuer verzichtete.

Sie hatte als Kind auch nicht viele Freunde gehabt. Mit den Nachbarskindern durfte sie nicht spielen. Später als junges Mädchen fand sie auch nicht leicht Freundinnen, ihre Schönheit schreckte viele Gleichaltrige ab. Wer wollte sich schon mit Rana vergleichen lassen? Die Jungs hatten sie andererseits ehrfürchtig bewundert und lieber Abstand gehalten. Kaum einer hatte es gewagt, sie anzusprechen. Rana Ramsey war das schönste Mädchen in der Schule. Sie war einfach eine Nummer zu groß für die unsicheren Männer.

Nun freute Rana sich auf die Arbeit mit der feuchten Erde. »Was soll ich zuerst tun?«

»Zuerst müssen Sie sich ausziehen.«

»Was?!«

»Sie glauben also nicht, daß das eine gute Idee wäre?« fragte er mit einem Grinsen.

»Nein.«

»Stellen Sie sich doch nicht so an. Wenn es Ihnen hilft, ziehe ich auch was aus.« Trent lachte, als sie ihn drohend anschaute.

»Ana, Sie gehen in all diesen Klamotten ein. Hier drin ist es wie in einer Sauna.«

»Das macht mir nichts aus.«

»Nicht, daß Sie mir wegschmelzen und von Ihnen nur noch ein Häufchen Kleider übrigbleibt, die niemand haben will und ich dann nicht loswerde.«

Rana lächelte. »Machen Sie sich mal keine Sorgen um mich und meine Kleider.«

Trent schüttelte ungläubig den Kopf. Vielleicht hatte sie einen Hautausschlag oder irgend so etwas, was sie vor ihm verbergen wollte. Auch beim Laufen hatte sie immer den grauen Jogginganzug getragen, der sie von Kopf bis Fuß verhüllte. »Also gut, aber werden Sie bloß nicht vor Hitze ohnmächtig.«

Er zeigte ihr, wie sie Erde und Torf in den Töpfen mischen mußte. Bald hantierte sie so geschickt mit der Pflanzenkelle, als hätte sie in ihrem Leben nie etwas anderes getan. Von Zeit zu Zeit wischte sie sich mit dem Hemdsärmel den Schweiß von der Stirn, aber die Arbeit machte ihr so viel Spaß, daß die drückende Schwüle sie kaum störte.

»Haben Sie was dagegen?« fragte Trent nach einer Weile und zog sich das T-Shirt über den Kopf.

»Nein, nein.«

»Ich habe das Gefühl, ich zerfließe.«

Rana warf einen Blick auf seinen nackten Oberkörper. Auch sie hatte jetzt das Gefühl, dahinzuschmelzen, aber der Grund dafür war nicht die Treibhausluft. »Sie sehen aus, als wären Sie gut in Form«, stellte sie fest, und spürte, wie ihr der Mund trocken wurde. Bei jeder Arm- oder Schulterbewegung spielten die Muskeln unter seiner braunen Haut.

»Das will ich auch hoffen«, erwiderte er, runzelte dabei jedoch die Stirn.

»Haben Sie Zweifel?«

Sein Lachen klang nicht allzu fröhlich. »Seit ich als Profi spiele, werde ich vor jeder neuen Saison von diesen Zweifeln geplagt.«

»Aber Ihre Karriere war doch aufsehenerregend.« Als er sie forschend ansah, fügte sie hinzu: »Ruby hat von ihnen in den höchsten Tönen geschwärmt. Gehören Sie denn nicht zu den besten Spielern des Landes? Oder sagt sie das nur, weil sie so stolz auf Sie ist?«

Gewöhnlich hätte er ein solches Kompliment als selbstverständlich akzeptiert. Aber Rana gegenüber wollte er ehrlich sein. »Ich hatte einige gute Spielzeiten, aber das letzte Jahr war eine Katastrophe.«

»Warum, Trent?«

»Ich werde alt.«

Rana legte die Kelle beiseite und sah ihn aufmerksam an. »Alt? Sie sind doch nicht mal fünfunddreißig.«

»Im Profifootball ist das schon Mittelalter.« Er war nicht daran gewöhnt, jemandem seine geheimsten Ängste zu offenbaren. Verlegen spielte er mit der Gießkanne. Es war jedoch eine Erleichterung, einen Gesprächspartner zu haben, der ihm so aufmerksam zuhörte. Seit Monaten hatte er das Bedürfnis gehabt, sich einmal auszusprechen. Jetzt konnte er nicht länger an sich halten.

»In der letzten Saison habe ich mein Alter gespürt, obwohl ich seit Jahren dagegen ankämpfe. Vor drei Jahren mußte mein Ellbogen operiert werden. Als ich wieder in Ordnung war, machte mir meine Schulter zu schaffen. Bei jedem Einwurf hatte ich wahnsinnige Schmerzen, mit dem Erfolg, daß meine Würfe nicht mehr weit und auch nicht präzise genug waren. Daß wir deshalb nicht genügend Punkte machten, war ausschließlich meine Schuld. Das wußte ich, und das wußte auch jeder andere.«

Rana kannte sich nicht im Football aus, konnte jedoch seine Situation gut nachvollziehen. Sie hatte Models gekannt, die glaubten, ihr Leben sei mit dreißig zu Ende, weil sie für eine Karriere zu alt waren.

Sie rückte näher an ihn heran. Am liebsten hätte sie ihm tröstend die Hand auf den Arm gelegt. »Aber Sie haben doch sicher von Anfang an gewußt, daß Sie nicht bis in alle Ewigkeit würden weiterspielen können.«

»Natürlich. So unrealistisch bin ich nicht. Ich habe keine Luftschlösser gebaut. Meine Finanzen sind gesichert, ich könnte mich jederzeit vom Football zurückziehen. Ich bin stiller Teilhaber eines außerordentlich lukrativen Maklerbüros in Houston. Aber ich möchte zurücktreten, wenn ich innerlich dazu bereit bin, und nicht, wenn man mich dazu zwingt. In jeder Spielzeit tauchen neue Talente auf. Himmel, diese Burschen spielen gut, Ana! Und sie sind so verdammt jung.«

Er schüttelte bedauernd den Kopf. »Vielleicht glauben Sie, daß ich Ihnen aus Eifersucht auf diese jungen Kerle etwas vorjammere. Aber das ist nicht so.«

»Ich glaube Ihnen«, entgegnete Rana weich. Trent ballte die Fäuste und schloß die Augen.

»Nur noch eine Saison! Noch eine einzige erfolgreiche Spielzeit! Ich will auf meinem Höhepunkt ausscheiden und nicht als armer, bedauernswerter Veteran.«

Sanft berührte sie seinen Arm. »Niemand wird Sie jemals bedauern, Trent. Ich glaube an Ihren Erfolg. Ich weiß, daß es Ihnen gelingen wird.«

»Wirklich?«

Sie sah ihm ernst in die Augen. »Ja.«

Auf einmal schien die Zeit stillzustehen. Rana fand in seinem Blick die gleichen Ängste und Zweifel, die sie selbst so oft gequält hatten.

Wenn ich nicht schön bin, liebt mich meine Mutter nicht. Mit dieser Vorstellung war das einsame Mädchen aufgewachsen. Bis vor sechs Monaten hatte sie geglaubt, ihr Wert hinge nur von ihrem guten Aussehen ab. Seit sie den Rana-Look aufgegeben hatte, hatte sie zwei für sie wichtige Freunde gefunden – Ruby und Trent. Und bestätigt bekommen, daß sie jemand war, den man lieben und schätzen konnte, egal, wie sie aussah.

Solange sie zurückdenken konnte, hatte sie versucht, so zu sein, wie ihre Mutter sie haben wollte. Verzweifelt hatte sie Susans Zuwendung gesucht, aber nie hatte sie die Erwartungen ihrer Mutter voll und ganz erfüllen können.

»Halt dich gerade, Rana! Schleich nicht so durch die Gegend. Hast du etwa einen Pickel, Rana? Tatsächlich! Habe ich dir nicht gezeigt, wie du deine Haut reinigen sollst? Trägst du deine Zahnspange? Möchtest du etwa schiefe Zähne haben? Dein Kleid ist zerknittert, dabei habe ich eine halbe Stunde daran gebügelt!«

Und selbst wenn Rana so perfekt wie nur möglich ausgesehen hatte – Susan war nie zufrieden gewesen.

Ja, sie konnte sich mit Trents Ängsten und seiner Unsicherheit identifizieren. Bei seinen Bemühungen, Erfolg auf dem Spielfeld zu haben, spielten persönliche Gefühle oder körperliche Schwächen keine Rolle. Er würde immer sein Bestes geben. Aber er war sich qualvoll dessen bewußt, daß auch sein Allerbestes nie gut genug sein würde.

»Ich bin froh, daß Sie an mich glauben«, sagte er leise. Sein Blick war unverwandt auf ihr Gesicht gerichtet. Lange unterdrückte Wünsche und Sehnsüchte brachen sich Bahn. Sein Körper fühlte sich heiß und fiebrig an.

So hatte er noch nie empfunden, diese intensiven Gefühle waren ihm völlig neu. In diesem Augenblick fand er Ana Ramsey schön. Er wollte sie in seine Arme nehmen und ihr zeigen, wie er sich über ihr Vertrauen freute.

Um sie herum war es ganz still. Nur eine Fliege summte irgendwo im Raum. Auf Trents Stirn bildeten sich kleine Schweißperlen. Ihre Körper schmerzten vor Verlangen und von der Anstrengung, sich voneinander fernzuhalten.

Trent legte seine Hand auf Ranas Scheitel und ließ sie dann behutsam in ihren Nacken gleiten. Ihr Haar fühlte sich weich unter seinen Fingern an. Sie legte den Kopf zur Seite und schmiegte ihre Wange in seine Hand. Er blickte auf ihren Mund. Ihre Lippen waren leicht geöffnet. Sie sahen unglaublich weich und verführerisch aus.

»Ana.« Er senkte den Kopf und berührte mit seinen Lippen ihren Mund.

»Ana!« ertönte eine andere Stimme.

Sie fuhren auseinander. Trent fluchte – und er hatte ein erstaunlich umfangreiches Repertoire an Flüchen. Rana trat schnell einen Schritt zurück und lief zur Tür des Gewächshauses. Ihr Herz klopfte laut und unregelmäßig.

»Ja, Ruby? Ich bin hier. Was ist los?«

»Telefon für Sie, meine Liebe.«

Rana warf einen Blick zurück. Trent zuckte mit den Schultern und lächelte, doch in seinem Lächeln lag auch Enttäuschung. Seine Augen waren dunkel vor Verlangen.

Rana lief über den Hof und durch die Hintertür, die Ruby für sie aufhielt, ins Haus. »Ihre Mutter ist am Apparat.«

Rana blieb unwillkürlich stehen. »Meine Mutter?« wiederholte sie.

Ruby nickte und sah sie fragend an. Bis jetzt hatte sie nichts von Ana Ramseys Mutter gewußt.

Rana eilte die Treppen hinauf. Während der letzten sechs Monate hatten sie und ihre Mutter sich nur über Morey verständigt. Seit Rana die Pläne ihrer Mutter hinsichtlich der Einheirat in dieses Kosmetikunternehmen vereitelt hatte, war kein persönlicher Kontakt mehr zwischen ihnen zustande gekommen.

Warum ruft Susan jetzt an? fragte sich Rana. Aus Ärger, weil sie den Vertrag nicht akzeptiert hatte? Oder wollte sie einfach nur guten Tag sagen? Wollte sie ihr sagen, daß sie sie liebte?

Sie wußte, wie lächerlich ihre Hoffnung war. Trotzdem zitterten ihre Hände, und ihre Stimme bebte, als sie den Hörer in ihrem Apartment abhob. »Mutter? Hallo. Wie geht's dir?«

»Morey ist tot. Du könntest zumindest zu seiner Beerdigung nach New York kommen.«

6

Morey ist tot.

Es war fast sechsunddreißig Stunden her, daß Rana diese Worte zum erstenmal von ihrer Mutter gehört hatte. Und immer noch konnte sie es nicht glauben. Selbst als sie am Grab gestanden und Moreys Sarg gesehen hatte, schien ihr allein der Gedanke an seinen Tod unvorstellbar.

So vieles war nach dem Anruf ihrer Mutter geschehen, daß der Nachmittag mit Trent im Gewächshaus zu einem anderen Leben zu gehören schien. Rana spürte, wie sehr sie psychisch und körperlich erschöpft war, als sie noch einmal an all die Ereignisse nach dem unheilvollen Telefongespräch dachte.

Sie hatte mit fliegender Eile ein paar Kleidungsstücke in ihren Koffer geworfen. Auf dem Weg die Treppen hinunter hatte sie Ruby gebeten, ihr den Wagen zu leihen. Ruby hatte vorgeschlagen, daß Trent sie zum Flughafen fahren könnte, aber Rana hatte so heftig abgelehnt, daß Ruby nachgab. Sie hatte dann selbst Ranas Bitte akzeptiert, ihn nicht aus dem Treibhaus zu holen, damit er sich von ihr verabschieden könnte. Rana hatte ihrer Wirtin erklärt, daß sie auf unbestimmte Zeit fort müßte. Sie hatte ihr nicht gesagt, wohin.

Als Ruby ihr Bedauern über Ranas überstürzte Abreise ausdrückte, hatte sie nur versprochen, ihr alles nach ihrer Rückkehr zu erklären. Auf dem Houstoner Intercontinental-Airport dauerte es einige Zeit, bis sie einen freien Platz in einer Maschine nach New York bekommen hatte.

In New York angekommen, nahm sie ein Taxi zu ihrem Apartment, in dem ihre Mutter immer noch lebte. Zum erstenmal seit sechs Monaten standen sich die beiden Frauen gegenüber. Susan zeigte sich ausgesprochen feindselig, während Rana dringend Trost und Zuwendung gebraucht hätte.

»Du siehst einfach lächerlich aus, Rana. Du erwartest doch nicht von mir, daß ich mich so mit dir in der Öffentlichkeit zeige. So wie du gekleidet bist.« Das waren die ersten Worte, die sie zu ihrer Tochter sagte.

»Was ist mit Morey, Mutter?«

»Er ist tot.« Susan zündete sich eine Zigarette mit dem goldenen Cartier-Feuerzeug an und inhalierte tief.

Rana, die völlig erschöpft war nach dem überstürzten Aufbruch, dem stundenlangen Warten auf dem Flughafen, dem langen Flug und ihrem Kummer wegen Morey, ließ sich auf das Sofa sinken. Ermattet schloß sie die Augen. Es war jetzt zwei Uhr früh. Ihr Verstand war überstrapaziert, und ihre Nerven waren es auch. Sie hatte gerade ihren liebsten Freund und Verbündeten verloren, und die erste Bemerkung ihrer Mutter galt ihrem Aussehen. In diesem Moment haßte sie Susan Ramsey.

»Das hast du mir schon am Telefon erzählt, Mutter. Was willst du von mir? Soll ich erst vor dir auf die Knie fallen, damit du mir ein bißchen mehr erzählst?«

Rana öffnete die Augen und sah die Frau an, der sie es nie hatte recht machen können, sosehr sie sich auch bemühte. »Also gut. Ich bitte dich darum. Was ist passiert?« Auf einmal überwältigten sie ihre Gefühle, und Tränen traten in ihre Augen.

Susans Gesichtsausdruck wirkte auf einmal fast

selbstgefällig. Trotz der Nachtstunde war sie tadellos frisiert und trug einen makellosen Morgenmantel aus Satin. »Er ist zu Hause gestorben. Ein Nachbar fand die Leiche spät am Morgen, als Morey nicht zum verabredeten gemeinsamen Frühstück erschien.«

Morey hatte allein gelebt; er war seit Jahren geschieden. Er war nie über das Scheitern seiner Ehe hinweggekommen, aber er konnte auch das Spielen nicht aufgeben – was einer der Hauptgründe dafür war, daß seine Frau sich von ihm getrennt hatte.

»Hatte er einen Herzinfarkt? Oder einen Schlaganfall?«

Morey hatte Übergewicht und zu hohen Blutdruck gehabt und zuviel geraucht.

»Eigentlich nicht«, erwiderte Susan kühl. »Er hat Drogen genommen.«

»Drogen!« rief Rana entgeistert aus. »Das glaube ich nicht!«

»Kein Rauschgift. Tabletten. Alkohol. Offensichtlich hatte er den Abend zuvor getrunken.«

Rana schien in sich zusammenzufallen. Das konnte nicht sein. Sie weigerte sich, es zu glauben. Selbstmord? Nein! »War's ein Unfall?« Ihre Stimme klang heiser.

Susan drückte ihre Zigarette in dem Kristallaschenbecher auf dem Marmortisch aus. »Die Polizei wird's wohl so darstellen«, meinte sie.

»Aber du glaubst, es war Selbstmord, oder?«

»Als ich das letztemal mit ihm gesprochen habe, war er außer sich darüber, daß du den Vertrag abgelehnt hast. Er war über deine Entscheidung genauso schockiert wie ich. Morey hatte finanzielle Probleme. Die hatte er dir zu verdanken«, fügte sie boshaft hinzu.

Rana bedeckte das Gesicht mit den Händen, aber Susan fuhr fort: »Er mußte aus seinen luxuriösen Büroräumen ausziehen. Als du so egoistisch uns beide verlassen hast, mußte er wieder zweitrangige Models und Möchtegerne vertreten.«

»Warum hat er mir das nie erzählt?« Rana stöhnte auf.

Susan war nur zu glücklich, darauf antworten zu können. »Was hätte es denn genutzt? Wenn dir das Wohlergehen anderer Leute auch nur halb so wichtig gewesen wäre wie dein eigenes, wärst du nicht so einfach abgehauen. Aber warum solltest du auch nur einen Gedanken an einen kleinen Agenten verschwenden, wenn du dich nicht einmal um deine eigene Mutter kümmerst?« Sie zündete sich noch eine Zigarette an.

Rana wußte, Susan war noch nicht fertig, deshalb schwieg sie. Es hatte keinen Zweck, mit ihr zu diskutieren.

»Ich habe mein ganzes Leben für deine Karriere geopfert, aber du hast alles ohne ein Dankeschön aufgegeben. Du hast die Gelegenheit, einen der reichsten Männer Amerikas zu heiraten, in den Wind geschrieben. Kümmert es dich, daß ich kaum die Raten für diese Wohnung aufbringen kann? Nein.«

Susan hätte sich längst nach einem kleineren Apartment umsehen können, das durchaus noch ihren Ansprüchen an Luxus genügt hätte. Sie hätte sich einen Job suchen können. Wie Rana aus eigener Erfahrung wußte, war ihre Mutter eine ausgezeichnete Managerin. Außerdem war sie eine attraktive Frau. Warum fand sie nicht selbst einen gutbetuchten Ehemann?

Aber Rana fühlte sich zu müde und traurig, um sich auf eine Diskussion mit ihrer Mutter einzulassen.

Mühsam erhob sie sich. Sie fühlte sich wie zerschlagen. »Ich gehe ins Bett, Mutter. Wann ist die Beerdigung?«

»Morgen um zwei. Ich habe für uns beide eine Limousine bestellt.«

»Die kannst du gern nehmen. Ich rufe mir ein Taxi. So wie ich aussehe, ist es dir sicher lieber, nicht mit mir gesehen zu werden. Und allein deinetwegen werde ich mich sicher nicht herausputzen.«

Während des Begräbnisses blieb Rana abseits der anderen Trauergäste stehen. Ihr Gesicht hatte sie hinter einer Sonnenbrille und unter einem großen schwarzen Hut verborgen, den sie am Morgen gekauft hatte. Niemand erkannte sie. Niemand drehte sich nach ihr um. Niemand sprach sie an, als sie traurig am Rand der kleinen Menschenmenge stand, die sich nach dem Segen des Priesters rasch zerstreute. Alle schienen froh darüber, ihre Pflicht hinter sich gebracht zu haben.

Rana zögerte noch, selbst als Susan wortlos an ihr vorüberrauschte. Warum, Morey, warum? Warum hatte er ihr nicht erzählt, daß er in finanziellen Schwierigkeiten steckte? Hatte er sich wirklich das Leben genommen? Diese Vorstellung war einfach zu schrecklich, aber Rana mußte wieder an die Aufregung in seiner Stimme denken, als er ihr den Vertragsabschluß vorgeschlagen hatte. Und an seine Enttäuschung, als sie sein Angebot endgültig abgelehnt hatte.

Und jetzt, auf der Fahrt vom Houstoner Flughafen zurück nach Galveston, beschäftigten diese Fragen sie immer noch. Zu allem Überfluß regnete es in Strömen. Rana fühlte sich zutiefst deprimiert.

Ihre Zukunft lag vor ihr ebenso düster wie die regenverhangene Autobahn. Freudlos. Monoton. Wie konnte sie jemals wieder sorglos und glücklich sein mit diesen Schuldgefühlen, mit zu Moreys Tod beigetragen zu haben?

Das Haus war dunkel. Sie bemerkte, daß Trents Wagen fehlte. Er und Ruby waren wahrscheinlich ausgegangen. Rana ergriff ihr Gepäck und rannte durch den strömenden Regen zur Hintertür.

Sie stellte den Koffer auf der Veranda ab, nahm den Hut vom Kopf und schüttelte die Regentropfen ab. Dann zog sie ihre Jacke aus und hängte sie zum Trocknen über einen Stuhl. Danach kamen ihre Schuhe an die Reihe und dann die Strümpfe.

Barfuß tapste sie in die Küche. Sie war ungewöhnlich dunkel. Selbst die gestärkten Vorhänge an den Fenstern sahen traurig aus vor der Dunkelheit im Hintergrund. Rana goß sich ein Glas Mineralwasser ein, aber nach zwei Schlucken stellte sie das Glas auf das Abflußbrett. Jede Bewegung kostete sie große Mühe. Ihre Glieder fühlten sich schwer wie Blei an, und es bedeutete enorme Anstrengung, sie überhaupt zu bewegen. Ihre Trauer schien sie niederzudrücken.

Als ihr Vater starb, war Rana ein Baby gewesen. Deshalb hatte sie an ihn keine Erinnerung. Jetzt hatte sie zum erstenmal im Leben den Tod eines Menschen erlebt, der ihr etwas bedeutet hatte. Wie konnte jemand den Verlust eines nahen Angehörigen überwinden?

Ohne Licht zu machen, ging sie durch das dämmrige Eßzimmer in die Halle. Der Regen prasselte gegen die hohen schmalen Fenster auf beiden Seiten der Eingangstür. Auch der Himmel weinte, dachte sie, als sie die silbrigen Tropfen über die Scheiben rinnen sah.

Rana starrte auf die dunkle Treppe und fragte sich, woher sie die Energie nehmen sollte, die Stufen zu ihrem Apartment hinaufzugehen.

Kraftlos sank sie auf die unterste Treppenstufe, stützte die Ellbogen auf die Knie und verbarg aufschluchzend das Gesicht in den Händen. Bei der Beerdigung hatte sie nicht geweint, aber jetzt konnte sie die Tränen einfach nicht mehr zurückhalten.

Ihre Schultern zuckten. Tränen strömten unaufhaltsam über ihre Wangen.

Sie spürte Trents Anwesenheit, noch bevor er ihr die Hand auf die Schulter legte. Rana hob den Kopf. Trent stand wie ein großer Schatten vor ihr. Im Dämmerlicht der Halle konnte sie seine Gesichtszüge kaum erkennen, aber ihr schien, als hätte er voller Besorgnis die Stirn gerunzelt. Ihre Mutter hatte keine tröstenden Worte für sie gefunden. Für die anderen Trauergäste war sie eine Fremde gewesen. Dabei hätte sie so dringend ein Wort des Trostes, der Anteilnahme gebraucht. Sie sehnte sich nach Geborgenheit. Unwillkürlich streckte sie die Arme nach Trent aus.

Sofort setzte er sich neben sie und nahm sie in die Arme. Schweigend legte er seinen Kopf auf ihr feuchtes Haar. Er umfing sie und drückte ihr Gesicht an seine Schulter. Rana schmiegte sich an ihn und ließ ihren Tränen freien Lauf.

Seine Finger streichelten ihr Haar. Erstaunt stellte er fest, wie dicht und weich es sich anfühlte. Zärtlich massierte er ihre Kopfhaut. Seine Lippen berührten ihr Ohr.

»Ich habe mir solche Sorgen um dich gemacht.«

Rana klammerte sich haltsuchend an ihn. Durch das Hemd hindurch spürte sie die Wärme seiner Haut und die Stärke seiner Muskeln.

»Wo bist du gewesen, Ana?«

Immer noch war ihr der Name fremd, und einen Augenblick lang fragte sie sich, warum er sie nicht bei ihrem richtigen Namen nannte. Dann erinnerte sie sich. Der Name war eine Lüge. So künstlich wie alles an ihr, wie ihr ganzes Leben.

In diesem Moment sehnte sie sich danach, von Trent

bei ihrem eigenen Namen genannt zu werden. Sie wollte seinen Atem an ihrem Ohr spüren, wollte ihren Namen von seinen Lippen ausgesprochen hören.

»Warum weinst du? Wo warst du?«

»Frag mich bitte nicht, Trent.«

»Ich finde dich hier weinend in der Dunkelheit. Erwartest du, daß ich das ignoriere? Erzähl mir, was passiert ist. Kann ich dir helfen? Wo warst du, und warum bist du gegangen, ohne dich von mir zu verabschieden?«

Sie wischte sich mit dem Handrücken die Tränen ab und hob den Kopf. Plötzlich stellte sie fest, daß sie keine Brille trug. Aber er würde in der Dunkelheit ihre vom Weinen geröteten Augen nicht sehen.

»Ich mußte zur Beerdigung eines Freundes.«

Trent wartete einen Moment, dann legte er den Arm um ihre Schultern. Mit dem Finger strich er über ihre Wange und wischte die Tränenspuren ab. »Das tut mir leid. War es ein guter Freund?«

»Ja.«

»Ist er ganz plötzlich gestorben?«

Sie bedeckte ihr Gesicht mit den Händen. »Ja, ja.« Sie stöhnte. »Er hat sich umgebracht.« Trent fluchte unterdrückt, und seine Hand umklammerte ihre Schulter. Wieder zog er ihren Kopf an seine Brust.

»Furchtbar. Ich habe das auch einmal erlebt. Bevor ich bei den Mustangs spielte, hatte ich einen Kumpel in einem anderen Team. Seine Knie machten nicht mehr mit, und er konnte nicht mehr spielen. Er hat sich erschossen. Ich weiß, wie du dich fühlst.«

»Nein, das kannst du nicht«, fuhr sie zornig auf, befreite sich aus seinen Armen und stand abrupt auf. »Du warst nicht für seinen Tod verantwortlich. Das ist etwas ganz anderes.«

Sie wollte die Treppe hinaufeilen, aber er packte sie am Arm und drehte sie zu sich herum.

»Will du damit sagen, daß du an seinem Tod schuld bist?«

»Ja.«

»Das glaube ich nicht«, erklärte er fest und schüttelte sie leicht. »Du kannst nicht für jemand anders die Verantwortung übernehmen. Das kann niemand.«

»Ach Trent, sag's mir immer wieder, bis ich's endlich glaube.« Sie sah bittend zu ihm auf. »Wiederhol es noch tausendmal, damit es mich überzeugt.«

Er nahm sie in die Arme und hielt sie ganz fest. »Es stimmt, glaube mir. Wenn dein Freund sich selbst zerstören wollte, konntest du wenig dagegen tun. Du hättest es lediglich hinauszögern können.«

»Ich habe ihn im Stich gelassen, als er mich brauchte.«

»Die meisten Leute lernen, mit Enttäuschungen umzugehen. Es ist nicht deine Schuld, wenn dein Freund das nicht geschafft hat.«

Er hielt sie in seinen Armen und wiegte sie sanft. »Ist es jetzt besser?« fragte er weich.

»Ja. Es tut immer noch weh, aber nicht mehr so schlimm.« Sie schmiegte sich an ihn, und er küßte ihren Nacken.

»Es tut mir leid.«

Unwillkürlich hob sie den Kopf. »Danke. Ich konnte mit niemandem darüber reden. Ich brauchte … dich.«

»Dann bin ich froh, daß ich hier war.« Auf einmal waren seine Zärtlichkeiten nicht mehr nur tröstend.

»Ich auch.«

»Ana?«

»Hm?«

Er sah sie voll Verlangen an. »Ana?« Dann bedeckte sein Mund hart und fordernd ihre Lippen. Mit beiden

Händen umfaßte er ihr Gesicht und glitt mit seinen Lippen über ihre Wangen. Er stöhnte leise und sehnsüchtig.

Rana umklammerte seine Schultern. Sie wandte den Kopf ab. »Nein«, bat sie atemlos.

Er ließ keinen weiteren Protest zu. Sein Mund küßte sie wild und verlangend, und sie konnte ihm nicht länger widerstehen. Sein Kuß machte sie willenlos. Ihre Beine gaben unter ihr nach, und sie wäre gegen die Wand getaumelt, hätte er sie nicht festgehalten.

Sie schlang die Arme um seinen Nacken. Seine Zunge glitt in ihren Mund, und ihr Verstand setzte aus. So hatte sie noch nie im Leben ein Mann geküßt. Seine Küsse schickten kleine Stromstöße durch ihren Körper. Ihr Puls raste.

Sie lösten sich voneinander, sahen sich verwundert an und umklammerten sich wieder. Ihr Verlangen war grenzenlos. Nachdem sie einmal gespürt hatten, wie süß diese Küsse waren, wollten sie immer mehr.

Rana erwiderte Trents Küsse mit der gleichen Intensität und Leidenschaft. Ihr Mann hatte sie nie so unverhohlen erregt geküßt. Und andere Männer hatten es nicht gewagt. Trent hatte diese Hemmungen nicht. Sein Mund forderte immer mehr. Er fühlte sich unersättlich. Und schon bald waren ihm Küsse nicht genug. Seine Hände strichen über Ranas Arm bis hinunter zu ihrer Taille. Mit einer schnellen Bewegung preßte er sie an sich und drängte sich gegen ihren Körper.

»Ich will dich«, murmelte er, und seine Lippen glitten heiß über ihren Hals.

»Das geht nicht.«

»Doch.«

»Wo ist Ruby?«

»Wir sind allein.«

»Aber...«

»Keine Diskussion. Du und ich, wir haben beide genau gewußt, daß dies passieren wird.«

Ja, sie hatte es gewußt. Schon damals, als sie aus ihrem Zimmer getreten war und ihn auf dem Flur gesehen hatte, wußte sie, daß Trent Gamblin eine Bedrohung für sie darstellte. Keine Bedrohung, daß ihr etwas Böses geschehen würde, aber immerhin.

In jenem Augenblick, als sie zum erstenmal in seine dunklen Augen gesehen hatte und seinem charmanten Lächeln zum Opfer gefallen war, hatte sie gewußt, daß er ihr Leben verändern würde.

Jetzt haderte sie mit dem Schicksal, doch dieses Gefühl verflog, während er langsam und zärtlich ihre Brustwarzen rieb, bis sie reagierten. Er vergrub sein Gesicht an ihrem Hals und glitt mit seinen warmen Lippen über ihre weiche Haut, zog eine brennende Spur.

Er war so begierig darauf, ihre Brüste zu sehen, zu berühren und zu liebkosen, daß er sich fast so ungeschickt anstellte wie ein unerfahrener Jüngling, als er Ranas Bluse aufknöpfte.

»Großer Gott.« Er trat einen Schritt zurück und hielt den Atem an. Wenn es bloß nicht so dunkel wäre! Rana hatte die schönsten Brüste, die er jemals gesehen hatte: weich und rund und vollendet.

Vorsichtig berührte er mit den Fingerspitzen ihre Haut und liebkoste sie, diese Traumfrau, die sich unter den häßlichen Kleidern verbarg. Das hier war keine seiner erotischen Phantasien vorm Einschlafen, diese Frau war real. Alles passierte tatsächlich. Er konnte sie berühren.

Unter der Spitze ihrer Unterwäsche fühlte sich ihre Haut warm und weich an. Und als er zart über ihre Brustwarzen strich, richteten sie sich noch mehr auf. Trent verging fast vor Verlangen. Er stöhnte tief auf. Behutsam zog er die Träger von ihren Schultern, senkte den Kopf und umschloß Ranas Brüste nacheinander mit seinen Lippen.

Sie flüsterte seinen Namen und vergrub ihre Finger in seinem dichten Haar. Mit geschlossenen Augen legte sie den Kopf zurück. Ihr Herz klopfte laut und unregelmäßig. Ihr ganzer Körper schmerzte vor Sehnsucht.

Mit einer einzigen Bewegung zog Trent das Hemd über ihren Kopf. Als sie seine Hände auf ihren Hüften spürte, erschauerte sie. Liebkosend glitten seine Finger zwischen ihre Oberschenkel. Rana hielt den Atem an.

Trent ging auf Entdeckungsreisen. Seine Hände erforschten jeden verborgenen Winkel ihrer seidigen Haut.

Rana keuchte. Ihre Finger krallten sich in seine Schultern. Sie hatte das Gefühl, völlig losgelöst zu sein. Und dennoch, er konnte doch nicht ... er würde doch nicht hier ...

Ihre Atemzüge waren flach und unregelmäßig, als Trent mit seinen aufregenden, kühnen Liebkosungen fortfuhr. Seine Finger verweilten, lockten und reizten sie, und Rana gab kleine, leise Schreie des Entzückens von sich.

Sie stöhnte tief auf, als seine Finger unter ihren Slip glitten, sie verführten, bis sie sich ihm voll heißem Verlangen entgegendrängte. Sie hielt unwillkürlich den Atem an, als er ihr schließlich den Slip von den Hüften streifte.

Rana öffnete die Augen und begegnete seinem Blick. Selbst in der Dunkelheit erkannte sie das brennende Verlangen darin. Und sie dachte nicht daran, ihm zu widerstehen. Ihr Körper verzehrte sich nach ihm.

Leise zog Trent sie eng, ganz eng an sich, und sie spürte seinen erregten Körper an ihrem. Trent begann, sie von neuem zu küssen, und es schien Rana, als wäre dies ein Vorgeschmack auf das, was unweigerlich gleich passieren würde.

Dann preßte er kleine, fiebrige Küsse auf ihren Hals und ihre Kehle. Ihr Herzschlag setzte aus, als er wieder bei ihren Brüsten angelangt war.

Sie stöhnte leise. Trents Finger glitten zwischen ihre Beine und liebkosten sie mit sanfter Zärtlichkeit.

Rana spürte, wie sich ihr Körper spannte. Sie zitterte vor Erregung. Auf einmal erschauerte sie in Ekstase – wieder und wieder.

Sie spürte Trents Atem auf ihrer Wange und öffnete die Augen. Zärtlich lächelnd sah er sie an.

Aber in seinem Körper spürte sie die Anspannung. Sein Verlangen war noch lange nicht gestillt. Mit einer Hand öffnete er den Reißverschluß seiner Jeans.

Seine Hände umfaßten Ranas Schultern. Er hob sie hoch, preßte sich gegen ihren Körper und glitt aufstöhnend in ihre feuchte Tiefe. Mit einem kleinen Laut ließ Rana den Kopf auf seine Brust sinken. Er fühlte sich so warm und so stark in ihr an. Trent vergrub sein Gesicht in ihrem Haar und bewegte sich leicht. Rana spürte, wie sie wieder erregt reagierte. Mit jeder Bewegung seines Körpers stieg ihre Lust, bis sie glaubte, in seinen Armen zu vergehen.

Auf dem Höhepunkt schrie er auf und krallte seine Finger in ihren Po. Trent spürte, wie nicht nur sein Körper Erlösung fand, sondern auch sein Herz und seine Seele. Lange hielten sie sich fest umklammert. Trents Kopf lag schwer auf Ranas Schulter, und sein Atem streifte ihre Haut. Rana rührte sich nicht. Zu unglaublich war das, was sie gerade erlebt hatte.

Immer noch prasselte der Regen gegen die Fensterscheibe. Eine Uhr tickte.

Endlich lösten sie sich voneinander. Noch einmal zog Trent Rana an sich und wiegte sie sanft. Er war überrascht, wie schlank sie war. Seine Arme umspannten sie mit Leichtigkeit. Zärtlich küßte er sie auf den Scheitel.

Dann ergriff er wortlos ihre Hand und zog sie die Treppe hinauf. Er ging ihr den langen Weg zum zweiten Stock voraus, drehte sich jedoch immer wieder nach ihr um und sah sie liebevoll und zärtlich an. Er führte sie in sein Schlafzimmer, und als er die Tür zumachte, war es, als wollte er die ganze Welt umarmen.

Für einen Moment ließ er Ranas Hand los, ging zum Bett und schlug die Laken zurück. Dann streckte er wieder die Hand nach ihr aus und wies mit dem Kopf zum Bett.

»Wir müssen miteinander reden«, meinte Rana mit heiserer Stimme.

»O nein.«

Langsam knöpfte er sein Hemd auf. Ranas Brüste schmerzten vor neu erwachtem Verlangen. Trent zog das Hemd aus und warf es achtlos auf den Boden. Dann steckte er die Daumen in den Hosenbund seiner Jeans und zog sie aus.

Als er sich wieder aufrichtete, war er nackt. Rana schluckte. Er sah einfach ungeheuer attraktiv aus.

Durch den dämmrigen Raum kam er auf sie zu. Das wenige Licht, das durch die nassen Fensterscheiben hereinfiel, warf lange, tanzende Schatten auf seinen Körper. Rana spürte, wie ihre Erregung wieder aufflammte.

Willenlos stand sie da, mit hängenden Armen. Er sagte immer noch kein Wort, als er begann, sie völlig zu entkleiden. Seine Hände strichen liebkosend über ihre Brüste. Er senkte den Kopf, nahm eine ihrer Brustwarzen in den Mund und saugte lange daran.

»Trent«, keuchte Rana erregt, und sie merkte, wie die Beine unter ihr nachzugeben drohten.

»Pst.« Als sie nackt vor ihm stand, trat er einen Schritt zurück und sah sie von oben bis unten an. Schade, daß es im Zimmer so dunkel war. Er hob sie auf und legte sie behutsam aufs Bett. Dann kam er zu ihr und bedeckte sie mit seiner Wärme.

Rana spürte, wie sie sein kräftiger Körper auf die Matratze drückte, aber es war ein schönes Gefühl. Sie streichelte seinen Rücken und seine Hüften. Noch nie hatte sie einen Mann so sehr begehrt. Sein Körper erweckte ihre Neugierde, und sie hatte große Lust, ihn von oben bis unten zu erforschen. Spielerisch grub sie ihre Nägel in seine Haut, und Trent grinste.

Dann küßte sie ihn. Mit einem solchen Begehren und solcher Lust, daß es sie selbst verblüffte. Er erwiderte ihren Kuß fordernd und wild, bis sie atemlos unter ihm lag.

»Möchtest du immer noch reden?« Dabei glitt er mit den Lippen über die zarte Haut an ihrer Kehle.

»Eigentlich sollten wir darüber sprechen.« Rana stöhnte leise vor Lust, als seine Zunge ihre Brust umspielte.

»Du kannst dich nicht gehenlassen, Miss Ramsey.«

Seine Lippen glitten tiefer und liebkosten ihren Bauch. Rana zitterte am ganzen Körper vor Erregung.

»Trent?«

»Hm?« Instinktiv zog sie die Knie an. Trent verbarg seinen Kopf in ihrem Schoß, und Rana stöhnte wild auf, als sie seine Lippen spürte.

»Wir sollten wirklich …« Doch schon brach sie atemlos ab.

»Das sollten wir«, flüsterte er rauh. »Und ich stelle mir vor, wir sollten es lange und ausführlich tun.«

7

»Du hast mir noch nicht erzählt, wo Ruby eigentlich ist.«

Trent streckte seine langen Beine neben ihr aus und preßte sich an sie. »Du hast mich auch noch nicht danach gefragt.« Er stupste mit der Nase gegen ihr Kinn.

»Doch!«

»Wirklich? Da muß ich gerade an etwas anderes gedacht haben.«

»Du hast nur gesagt, wir seien allein«, antwortete sie und sah ihn an.

»Auch gut, oder?« Er lachte leise, dann küßte er sie auf den Mund. »Ich bin sicher, diese Halle da unten hat noch nie soviel Leidenschaft erlebt.«

Rana zupfte an seinen Brusthaaren, und er schrie leise auf. Beide mußten lachen. »Tantchen ist heute morgen zu einem kranken Freund gefahren. Sie hat gesagt, sie kommt erst morgen zurück. Und so, mein Schatz, haben wir das Haus die ganze Nacht für uns allein.«

»Aber wir brauchen doch nicht das ganze Haus. Das Bett hier reicht doch.«

»Wie recht du hast.« Er schwieg einen Moment. »Genau so hatte ich es mir auch gedacht.«

Ihre Lippen trafen sich zu einem langen, zärtlichen Kuß.

»Ich habe nie daran gedacht, mit dir einmal in einem Bett zu liegen«, flüsterte Rana an seinem Mund.

»Ich schon. Oft«, gestand er.

»Na ja, eigentlich konnte ich's mir schon vorstellen. Ich habe nur ... Ach, du weißt schon, was ich meine.«

»Ich hab's mir nicht so schön vorgestellt.« Liebkosend glitten seine Hände über ihre weiche Haut.

»Wie meinst du das?«

»Ich wußte doch nicht, wie dein Körper aussieht. Unter all deinen Vermummungen. Ich muß dir gestehen, daß ich eigentlich ein erstaunliches Talent darin entwickelt habe, Frauen mit meinem Blick auszuziehen.« Er runzelte die Stirn. »Aber bei dir hat das nicht funktioniert. Ich bin fast verrückt geworden. Ich wollte so gern wissen, wie du nackt aussiehst.« Seine Hände umfaßten sanft ihre Brüste, streichelten und erregten sie. »Ich muß sagen, ich bin angenehm überrascht.« Er beugte sich noch tiefer über sie. Rana legte beide Hände um seinen Kopf und gab sich ganz seinen Zärtlichkeiten hin.

So verging die Nacht mit endloser Leidenschaft, während draußen der Regen niederströmte. Es war, als wären sie füreinander bestimmt. Trents leiseste Berührung entfachte in Rana eine solche Lust, wie sie es nie für möglich gehalten hätte. Wieder und wieder liebten sie sich. Und immer wieder brachte sie Trent auf den Höhepunkt der Ekstase.

Vielleicht habe ich aus diesen Gründen so stark und erregt auf Trents Zärtlichkeiten reagiert, dachte Rana jetzt. Wahrscheinlich war sie total ausgehungert nach einer liebevollen, persönlichen Berührung. Wenn er sie für schamhaft hielt, würde sie ihn in dem Glauben belassen.

»Überrascht dich das?«

»Offengestanden, ja. Besonders seit ich weiß, daß du verheiratet warst.«

Trent streichelte zärtlich ihren Rücken.

»Willst du mir mehr darüber erzählen? Oder ist es schmerzhaft für dich?«

»Das war es einmal, aber die ganze Geschichte liegt so lange zurück, daß ich manchmal das Gefühl habe, es wäre gar nicht geschehen. Ich hatte gerade die Schule verlassen.«

»Er war also schon während der Schulzeit dein Freund?« meinte Trent.

»So ungefähr.«

In Wirklichkeit kannten sie sich erst ein paar Monate, bevor sie heirateten. Patrick war wie die meisten jungen Männer von Rana wie verzaubert gewesen, hatte sie verehrt wie ein Wunderwesen aus einer anderen Welt.

Aber Rana hatte es geschafft, seine Ehrfurcht zu durchbrechen, und sie und Patrick hatten sich stürmisch ineinander verliebt. Schon damals zog Susan einen Umzug nach New York in Betracht und plante, Ranas Karriere mit ein paar Semestern auf dem College zu koordinieren.

Rana hatte sich dem widersetzt. Sie hatte nichts dagegen, Karriere als Model zu machen, denn sie liebte schöne Kleider, und ihr gefiel die Vorstellung, daß man ihr auch noch Geld dafür bezahlte, daß sie solche Kleider vorführen durfte. Aber sie wollte keine von Susan gelenkte Laufbahn, die alles ausschließen würde, auch und besonders Patrick.

Deshalb hatte sie ihn zu einer überstürzten Heirat überredet. Es war ein verzweifelter Versuch, den Fängen ihrer Mutter zu entkommen. Als Susan von Ranas Plänen erfahren hatte, war sie fuchsteufelswild geworden, hatte aber gar nicht daran gedacht, deshalb einfach aufzugeben. Sie kämpfte beharrlich und geschickt. Anstatt diese Heirat zu verbieten, erteilte sie ihre Erlaubnis dazu.

Nach außen hin tat sie freundlich und besorgt, unterstützte das junge Paar mit hundert gutgemeinten Ratschlägen, bis sich Patrick nutzlos und bevormundet fühlte. Als Susan eines Tages bei dem Personalchef der Firma, bei der er sich gerade bewarb, intervenierte, hatte er die Nase voll.

Rana, die vor sich selbst ehrlich zugab, daß auch sie ihn nur für ihre Zwecke benutzt hatte, und wußte, wie unglücklich er sich in ihrer Ehe fühlte, hatte ihm einen Ausweg angeboten. Patrick hatte erleichtert zugestimmt. Ein halbes Jahr nach der Hochzeit wurde ihre Ehe geschieden. Rana und ihre Mutter zogen so bald wie möglich nach New York. Auf lange Sicht hatte Susan genau das erreicht, was sie immer gewollt hatte.

»Er war ein netter Kerl«, erzählte Rana nun. »Lieb und zärtlich. Aber das Ganze war von Anfang an zum Scheitern verurteilt.«

»Warum?«

»Meine Mutter mischte sich ständig in unsere Angelegenheiten ein, und mein Mann wollte sein eigenes Leben führen.«

»Deine Mutter? Die hast du noch nie erwähnt. Hast du eigentlich zu irgend jemandem eine enge Beziehung, Ana?« fragte Trent mit sanfter Stimme.

Dieses Gespräch wurde zu persönlich, und Rana wollte das nicht. Lächelnd sah sie zu ihm auf und tippte mit dem Finger auf die Brust.

»Jetzt im Moment habe ich eine sehr enge Beziehung zu dir.« Trent brummte zustimmend und küßte sie auf den Mund.

Später, als sie eingeschlafen war, ging er hinunter in

die Küche und briet Speck und Spiegeleier. Er stellte alles auf ein Tablett und trug es nach oben. Wenn das Klappern des Geschirrs Rana nicht aufwecken konnte, dann ganz bestimmt der verführerische Duft.

Schlaftrunken setzte sie sich auf und blinzelte.

»Hungrig?« Trent grinste, als er sah, daß sie tatsächlich wach geworden war.

»Wie ein Wolf. Aber bis jetzt habe ich das gar nicht gemerkt«, erwiderte sie. Er stellte das Tablett ab und warf ihr eins seiner Hemden zu.

»Darf ich jetzt Licht machen?« fragte er, nachdem sie hineingeschlüpft war und hastig ein paar Knöpfe geschlossen hatte.

Rana griff nach ihrer Handtasche, die er ihr netterweise mitgebracht hatte, und holte die getönte Brille heraus. »Ja«, entgegnete sie und setzte sich auf.

»Ist das wirklich nötig?« fragte Trent und zeigte auf die Brille.

»Möchtest du, daß ich Orangensaft über dein Bett verschütte?« Er zuckte die Schultern. »Mir egal.« Dann jedoch ließ er das Thema fallen und beschäftigte sich statt dessen mit den Spiegeleiern.

»Weißt du eigentlich, daß ich fast verrückt geworden bin vor Sorge um dich?« Trent biß herzhaft in eine Toastscheibe. Rana stellte ihre Kaffeetasse zurück aufs Tablett und schob es von sich. Sie fühlte sich satt und zufrieden. Behaglich lehnte sie sich gegen die Kissen, die Trent ihr in den Rücken gestopft hatte. »Worüber?«

»Über die plötzliche Abreise. Ich hatte schon die schlimmsten Befürchtungen.«

»Es tut mir leid, daß ich mich nicht verabschiedet habe. Aber ich hatte keine Zeit mehr.«

»War das der einzige Grund?«

»Welche anderen Gründe sollte ich gehabt haben?«

»Im Gewächshaus war's ziemlich heiß geworden. Ich meine das nicht in bezug auf die Temperatur, die in Celsius gemessen wird.« Er nahm ihre Hand und strich mit dem Daumen sacht über ihre weiche Haut. »Wenn Ruby dich nicht ans Telefon geholt hätte, wäre ich schon da über dich hergefallen. Liebe unter Blüten! Treibhausromantik.«

Er scherzte, wurde dann jedoch ganz ernst. »Bist du vor mir davongelaufen, Ana?«

»Vielleicht. Ich weiß es nicht. Aber schließlich hast du mich doch noch eingefangen, oder?«

»Das mußte sein, Miss Ramsey.«

»Mußte sein?« Sie legte den Kopf schräg.

»Schau mal!« – Trent legte sich zurück und stützte sich auf die Ellbogen. Er hatte sich ein Paar Shorts angezogen, bevor er nach unten gegangen war, und er wirkte darin nicht minder sexy. »Ich glaube, du hast schon lange einen Mann gebraucht. Jemand der an deiner Fassade kratzt, jemand, der deine geheimsten Wünsche erfüllt.«

»Und dieser Mann bist du?« fragte sie argwöhnisch. Anstelle einer Antwort zuckte er nur mit den Schultern. Aber sein selbstbewußter Gesichtsausdruck sprach Bände. Rana sprang so schnell aus dem Bett, daß er kaum Zeit fand zu reagieren. Schon war sie aus der Tür und auf den Flur gerannt.

»Was ist los? Wo willst du hin?«

Sie fuhr herum und blitzte ihn wütend an. »Ich brauche niemanden, Mr. Gamblin. Besonders keinen Mann, der aus Mitleid mit mir ins Bett geht.«

»Mitleid? Wovon zum Teufel redest du da?«

»Dreimal darfst du raten!« Rana verschwand in ihrem Apartment, knallte die Tür hinter sich zu und drehte den Schlüssel im Schloß. Der Gedanke, daß es ein Akt des Mitleids gewesen war, als er mit ihr geschlafen hatte, war zu schmerzhaft. Sie war traurig und verzweifelt heimgekommen. Er hatte ihr Trost angeboten, und sie hatte ihn dankbar akzeptiert. Waren Trents Zärtlichkeiten nur tröstliche Gaben für die arme, verweinte Miss Ramsey gewesen?

Er rüttelte zornig an der Tür und schlug mit den Fäusten gegen das Holz. »Mach auf!«

»Verschwinde.«

»Ich warne dich.«

»Ich habe gesagt, du sollst verschwinden!«

»Wenn du nicht sofort öffnest, trete ich die Tür ein, und du darfst Ruby dann erklären, wieso das passiert ist.«

»Deine wüsten Drohungen erschrecken mich nicht.«

Vielleicht wäre das besser gewesen. Als nächstes hörte Rana das Splittern von Holz und die Tür, die gegen die Wand flog. Instinktiv verschränkte sie die Arme über der Brust. Trent packte sie bei den Schultern und schüttelte sie wild.

»Du bist die allerdümmste Frau, die ich kenne. Mitleid!« fauchte er. »Schätzchen, niemand geht so weit nur aus Mitleid. Kannst du Liebe denn nicht mal erkennen, wenn sie dir auf dem Präsentierteller angeboten wird!«

Rana hatte sich ganz steif gemacht. Jetzt gaben ihre Knie unter ihr nach. »Liebe?« wiederholte sie schwach.

»Ja, Liebe.« Trent nickte nachdrücklich. »Jemals davon gehört? Ich liebe dich, und weißt du was? Es macht mir eine Heidenangst. Ich habe mich in meinem ganzen Leben noch nie so hin und her gerissen gefühlt. Ich weiß überhaupt nicht mehr, was los ist. Und in meinem Leben noch nicht hatte ich so wenig Kontrolle über das, was mit mir passiert.«

Trent schwieg einen Moment. »In meinem ganzen Leben habe ich mich noch nie so elend, aber auch noch nie so wunderbar gefühlt. Es ist einfach schrecklich!«

Und wie ›schrecklich‹ es war, demonstrierte er ihr gleich darauf mit einem langen, ungestümen Kuß.

Dann zog er sie zum Sofa. Er hielt sie immer noch fest, während er sich auf die Couch fallen ließ. Mit einer einzigen Handbewegung riß er Ranas Hemd auf und entblößte ihre nackten Brüste. Aufstöhnend vergrub er sein Gesicht an ihrer warmen Haut. Dann zog er seine Shorts aus.

Sie liebten sich wild und leidenschaftlich. Trent drang tief in sie ein. Dann erst wurde er ruhiger, während sein Körper glühte. Seine Lippen glitten über Ranas Kehle. »Falls du's immer noch nicht glaubst – ich liebe dich. Hier, ich zeig dir, wie sehr.« Er bewegte sich in ihr. Rana spreizte die Beine und bog sich ihm entgegen. Beide erreichten gleichzeitig den Höhepunkt. Danach lagen sie noch lange eng aneinandergeschmiegt.

Rana schloß die Augen und ließ das Wasser über ihren Körper strömen. In dieser einen Nacht hatte sie ein ganz anderes Gefühl für ihren eigenen Körper bekommen. Immer noch fühlte sie sich wie elektrisiert. Bei der Erinnerung an Trents zärtliche Worte lächelte sie.

Als sie ihn am Morgen zurück in sein Zimmer geschickt hatte, war er enttäuscht gewesen.

»Warum?« hatte er gefragt und sich enger an sie geschmiegt.

»Ich fühle mich wohl hier. Und hier. Und hier.«

Dabei liebkosten seine Hände ihren Körper. Rana hielt seine Hände fest, bevor er sie wieder erregen konnte.

»Ruby kann jeden Augenblick zurückkommen. Was ist, wenn sie nach uns sucht und uns hier zusammen findet?«

»Na und? Ich bin ein großer Junge.«

»Allerdings.« Rana seufzte glücklich und strich ihm das feuchte Haar aus der Stirn. Sie küßte ihn sanft auf die Schläfe.

»Liebling, das ist keine besonders gute Methode, mich zum Gehen zu überreden«, meinte er und stöhnte auf. »Oder hast du etwa deine Meinung geändert?« Er drängte sich gegen sie.

»Nein.« Sie stieß ihn sanft von sich, und Trent blieb nichts anderes übrig, als auf die Füße zu springen. Sonst wäre er von der Couch gefallen.

»Sollen wir noch schnell duschen?« schlug er vor, als Rana ihn schon zur Tür schob.

»Lieber lange und ausgiebig.«

»Wirklich?« Er strahlte.

»Allein.«

»Oh.« Sein Lächeln erlosch. »Wollen wir gleich joggen?«

»Heute mußt du ohne mich laufen. Ich bin zu müde.«

Trent grinste. »Ich könnte glatt den Mount Everest besteigen oder die Pittsburgh Seelers in Grund und Boden spielen.« Noch einmal küßte er sie zärtlich auf den Mund, dann verschwand er in sein Apartment.

Als Rana nun aus der Dusche trat, rief sie sich noch einmal diese Szene ins Gedächtnis. Sie erinnerte sich auch noch lebhaft an jeden einzelnen wunderbaren Augenblick dieser Nacht, von dem Moment an, da Trent sie in die Arme genommen hatte. Jedes Wort, jede Berührung war ihr gegenwärtig.

Noch nie im Leben war sie so glücklich gewesen. Er hatte Gefühle in ihr zum Leben erweckt, die sie nie zuvor gekannt hatte.

Und warum sollte sie es sich nicht eingestehen? Sie hatte sich in Trent Gamblin verliebt.

Rana betrachtete sich in dem beschlagenen Badezimmerspiegel und fragte sich, ob man ihr diese Liebe ansehen konnte. Ihre mandelförmigen, exotischen Augen schimmerten noch verführerischer als sonst. Was würde Trent denken, wenn er sie so sehen könnte? Wären ihre Augen auch für ihn einmalig und geheimnisvoll? Würde er sie schön finden?

Sie öffnete den kleinen Schrank und holte einen braunen Lidstift heraus. Wie ein verbotenes Spielzeug drehte sie ihn wieder und wieder unschlüssig in den Händen.

Ein winziger Strich hier, eine Andeutung da, eine feine Linie das Lid entlang? Nur eine kleine Betonung ihrer mandelförmigen Augen? Eine Spur Rouge unter die Wangenknochen? Ein wenig Glanz auf die Lippen? Sehnsüchtig dachte Rana an ihre weißen Kleider, die sie in New York zurückgelassen hatte.

Die Farbe Weiß bildete einen atemberaubenden Kontrast zu ihrer olivgetönten Haut und dem tiefroten Haar. Eng taillierte Kleider, großzügige Halsausschnitte, fließende Röcke und maßgeschneiderte Hosen brachten ihre vollendete Figur am besten zur Geltung. Einen Augenblick lang wünschte sich Rana, so schön wie nur irgend möglich auszusehen.

Was würde dann Trent von seiner Geliebten denken?

»Du liebst mich nicht wirklich«, hatte sie ihm zugeflüstert, nachdem ihre Leidenschaft abgeklungen war.

»Doch.«

»Ich kenne die Frauen, mit denen du dich sonst umgibst. Ich bin ein ganz anderer Typ.« – »Vielleicht liebe ich dich gerade deshalb so sehr. Ich bin mit so vielen schönen Frauen zusammengewesen, aber im Vergleich zu dir kommen sie mir alle so schal vor. Du bist eine Persönlichkeit, Ana. Ich liebe deinen Körper. Ich liebe jede Berührung deiner weichen Haut. Aber ich habe mich in dich verliebt, weil du mehr zu bieten hast. Du bist nicht nur eine hübsche, leere Hülle. Du bist etwas ganz Besonderes. Du bist eine Frau mit Persönlichkeit.«

Rana legte den Lidstift zurück in die Schublade und schloß fest die Schranktür. Tief atmend bedeckte sie das Gesicht mit den Händen. Ihre weibliche Eitelkeit hatte sie in Versuchung geführt, sich für Trent schön zu machen.

Aber würde er sie immer noch lieben, wenn er erfuhr, daß sie genau der Typ Frau war, den er jetzt verachtete? Sie machte sich keine Illusionen über ihre und Trents Zukunft. Es gab keine. Auch kein Happy-End. Schon bald würde er ins Trainingslager abreisen. Dann würde sie ihn für immer verloren haben.

Aber jetzt, während sie noch bei ihm war, wollte sie seine Liebe in vollen Zügen genießen. In ihrem Leben hatte es so wenig emotional befriedigende Freundschaften gegeben. Ihre Mutter hatte keine Ahnung, was Liebe bedeutete. Morey hatte sie geliebt, aber aus irgendeinem Grund hatte er sich ihr nicht anvertraut.

Immer wenn sie an seinen Tod dachte, überkam sie tiefste Verzweiflung. Hatte er sich das Leben genommen? Die Vorstellung verfolgte sie immer noch, Trents Liebe jedoch hatte auch diesen Schmerz gelindert.

Ihre gemeinsame Zeit war begrenzt. Aber sie wollte jeden Augenblick bewußt erleben, ohne Bedauern. Sie würde Ana Ramsey sein, weil Trent sie so wollte.

Sie hatte sich gerade eine abgetragene Jeans und ein übergroßes Sweatshirt angezogen, als es an der Tür klopfte. »Mach auf.«

»Komm nur herein. Du brauchst die Tür nicht wieder einzutreten.« Sie hielt ihm weit die Tür auf. »Reparierst du das Schloß bitte, bevor Ruby es sieht?«

»Willst du mir nicht zuerst einen Kuß geben?«

»Du bist wirklich unersättlich.« Rana lachte und küßte ihn zärtlich.

»Mm, das ist gut«, murmelte Trent und schlang seine Arme um sie. Lächelnd befreite sie sich aus seiner Umarmung. »Hast du keinen Hunger?«

»Wir haben um vier heute morgen gefrühstückt. Was ißt man in dem Fall um neun?«

»Wie wär's mit überbackenem Käsetoast?«

»Hört sich gut an.«

»Ich gehe gleich hinunter. Du kannst in der Zwischenzeit duschen.«

Zehn Minuten später kam er zu ihr in die Küche und küßte sie auf den Nacken. Rana drehte sich lächelnd zu ihm um. »Ich mache uns noch schnell einen Obstsalat und ...«

Weiter kam sie nicht. Trent hatte sie fest in die Arme genommen und bedeckte ihren Mund mit einem leidenschaftlichen Kuß. »Ich liebe dich.« Seine Lippen glitten tiefer zu ihrer Kehle. »Alles an dir«, murmelte er heiser. Wieder küßte er sie auf den Mund und glitt mit seiner Zunge tief zwischen ihre Lippen.

»Der Toast wird kalt.« Rana schmiegte sich glücklich an ihn.

»Dafür wird mir ganz warm.« Trent knabberte an ihrem Ohr. Sie holte tief Luft und trat einen Schritt zurück.

»Du kriegst den Hals nicht voll! Jetzt setz dich hin und iß.«

»Du bist schon so autoritär wie Tante Ruby.«

Sie ließen sich viel Zeit mit ihrer Mahlzeit, immer wieder trafen sich ihre Blicke. Wieder einmal bat Trent sie, die Brille abzunehmen.

»Dann kann ich dich nicht mehr sehen«, entgegnete Rana und entschädigte ihn mit einem langen, zärtlichen Kuß.

»Hallo, meine Lieben. Ist jemand zu Hause?« Das war Rubys Stimme aus der Halle.

Sie fuhren auseinander. Rana wurde rot vor Verlegenheit, aber Trent sah aus wie die Katze, die in den Sahnetopf gefallen ist. Er lächelte ihr verschmitzt zu. »Komm nur herein, Tante Ruby. Ich habe hier etwas Köstliches.«

Rana sah ihn böse an, doch da rauschte Ruby schon in die Küche. »Was hast du gesagt, Schatz? Oh, wie nett! Miss Ramsey hat für dich gekocht!«

Trent grinste breit.

Rana sprang auf und zog einen Stuhl für Ruby heran. »Leisten Sie uns doch Gesellschaft. Bitte. Geht es Ihrem Freund besser?«

»Ja, ja, viel besser. Er brauchte nur ein wenig Zuwendung. Aber wie war denn Ihre Reise? Wann sind Sie zurückgekehrt?«

Rana gab ihrer Wirtin einen kurzen Überblick über die Ereignisse, ohne jedoch Einzelheiten zu erwähnen. »Ich muß mich dafür entschuldigen, daß ich so eilig und ohne Erklärung abgereist bin.«

»Ich verstehe Sie gut unter diesen Umständen.« Ruby legte mitfühlend ihre Hand auf Ranas Arm. »Hat Trent Ihnen erzählt, daß er Ihren Wagen repariert hat, während Sie fort waren?«

»Nein.« Trent unterbrach sie. »Seit ihrer Rückkehr haben wir uns über eine Menge unterhalten, aber für das Auto hatten wir keine Zeit.«

Rana warf ihm einen weiteren wütenden Blick zu, aber Ruby schien nichts zu bemerken.

»Möchten Sie auch einen Käsetoast, Ruby?« fragte Rana. »Das geht schnell, und Sie sehen müde aus.«

»Danke meine Liebe, ein Toast wäre wunderbar. Wenn keiner von euch beiden mich braucht, bleibe ich heute nachmittag in meinem Zimmer und schlafe mich aus. Mein Freund und ich haben bis zum frühen Morgen geplaudert. Der arme Kerl hat sonst niemanden, mit dem er reden kann. Die Kinder kommen nur selten zu Besuch.«

Rana bereitete rasch einen weiteren überbackenen Toast zu. Trent knabberte an einer Scheibe Melone. Sein Blick hing unverwandt an Rana. Ab und zu warf auch sie ihm einen verschwörerischen Blick zu.

»Köstlich«, stellte Ruby fest, als sie fertig war. »Braucht ihr noch irgend etwas?«

»Nein, Tantchen.« Trent half ihr liebevoll aus dem Stuhl. »Geh nur schlafen, ruh dich aus. Miss Ramsey und ich sind alt genug, um auf uns selbst aufzupassen. Wie wär's, wenn ich euch beide heute Abend zum Essen einlade?«

Ruby klopfte ihm zärtlich auf die Wange. »Ist er nicht ein lieber Junge?«

»Doch«, erwiderte Rana und lächelte glücklich.

»Hast du das ernst gemeint?« fragte Trent, als sie ein paar Minuten später, nachdem sich Ruby in ihr Zimmer zurückgezogen hatte, wieder allein waren.

»Was?« Rana spülte die Teller ab. Ruby hatte es zuerst nicht zulassen wollen, doch dann hatte Rana sie überredet.

»Daß ich ein lieber Junge bin.« Trent schlang von hinten die Arme um sie. Seine Hände umschlossen zärtlich ihre Brüste. »Warum versteckst du sie unter dem häßlichen Sweatshirt? Du hast so schöne, aufregende Brüste. Hast du nichts anderes anzuziehen?«

Rana unternahm einen schwachen Versuch, sich von ihm zu lösen. »Nein, ich mag weite Hemden. Macht es dir denn etwas aus? Warum soll ich etwas anderes anziehen?«

»Weil ich deine Brüste sehen will.« Mit dem Daumen rieb er über ihre Brustwarzen, bis sie sich aufgerichtet hatten. »Verstehst du jetzt, was ich meine? Ein solcher Anblick entgeht mir dadurch.«

»Hör auf, Trent. Ruby könnte hereinkommen.«

»Sie schläft doch«, flüsterte er in ihr Ohr. »Wollen wir ins Gewächshaus gehen?«

»Ins Treibhaus?« Allein der Gedanke daran schickte ihr einen Schauer der Erregung über den Rücken.

»Ja. Ich habe Lust auf heißen, feuchten Sex.«

»Du bist schamlos.«

»Ich bin verrückt nach dir«, flüsterte er heiser an ihrer Schläfe.

»Immer noch?«

»Heißer Käsetoast hat immer diese Wirkung auf mich.« Lächelnd drehte Rana sich um und schlang die Arme um seinen Nacken.

»Besonders, wenn ihn so ein appetitliches kleines Mädchen wie du gemacht hat.« Zärtlich umfaßte er ihre Taille. Dann glitten seine Hände zu ihrem Po, und er preßte sie an sich. »Du hast den schönsten Po der Welt.« Er drückte sie noch enger an sich.

Sie küßten sich lange und voller Leidenschaft. Behutsam glitt Trents Hand unter Ranas Sweatshirt und liebkoste ihre Brüste.

»Ich will dich«, murmelte er. »Im Treibhaus oder im Bett?«

»Trent, das geht doch nicht«, protestierte sie schwach. Sie zitterte am ganzen Körper vor Erregung.

»Und warum nicht?«

»Es ist mitten am Tag!«

»Ja und?«

»Ich muß arbeiten. Ich habe so viel zu tun. Vier neue Aufträge.«

»Okay.« Er seufzte schwer. »Ich lasse dich arbeiten, wenn ich bei dir im Zimmer bleiben darf. Ich lese dann in der Zeit in meinem Footballbuch.«

Argwöhnisch forschte sie in seinem Gesicht. Wollte er sie wieder einmal austricksen? »Also gut«, gab sie endlich nach. »Aber versprich mir, dich zu benehmen.«

»Versprochen.« Hand in Hand stiegen sie die Treppen hinauf zu Ranas Apartment. Sie versuchten sogar ernsthaft, bei ihren guten Vorsätzen zu bleiben. Aber alles, was dabei herauskam, war, daß sie sich bis in den späten Nachmittag hinein liebten.

Es war wunderschön. Trent fühlte sich jedoch etwas enttäuscht, weil Rana darauf bestand, die schweren Vorhänge zuzuziehen und das Tageslicht auszuschließen. Wie gern hätte er die Sonnenstrahlen auf ihrem nackten Körper tanzen sehen!

Als er neben ihr auf dem Bett lag, beobachtete er, wie sie erschöpft von all ihrer Leidenschaft einschlummerte. Wieder einmal fragte er sich, wieso er diese Frau jemals für unscheinbar gehalten hatte.

Sie war schön. Ganz anders als all die Frauen, die er kannte. Sie füllte eine Leere in seinem Leben aus, von deren Existenz er bis jetzt nichts geahnt hatte. Und eins wußte er ganz sicher – er würde sie nie wieder gehen lassen.

8

»Da ist sie ja!«

Gleich nach dem Eintritt ins Haus hörte Rana Trents Stimme, und kurz darauf seine festen Schritte auf dem Holzfußboden.

»Ana?«

»Hallo.«

Er stürmte aus dem Salon, nahm sie in die Arme und küßte sie. »Ich möchte dir einen guten Freund vorstellen.«

»Aber ...«

»Tom Tandy von den Mustangs ist dir sicher doch ein Begriff. Er ist auf einen Sprung vorbeigekommen. Ich habe ihm alles von dir erzählt.«

Rana zögerte, aber Trent drängte sie in den Salon. Am liebsten wäre sie allein gewesen, nach ihren Einkäufen fühlte sie sich erhitzt und müde.

Und dann bestand immer die Möglichkeit, erkannt zu werden. Sie und Trent fühlten sich so wohl im Augenblick. Seine Gefühle ihr gegenüber waren aufrichtig, da war sie ganz sicher. Um so mehr fürchtete sie, daß er ihre eigentliche Identität herausfinden könnte. Sie konnte sich seine Reaktion darauf kaum vorstellen, wollte jedoch kein Risiko eingehen. Außerdem wollte sie um keinen Preis den jetzigen Zustand aufs Spiel setzen.

Es war ihnen unmöglich gewesen, ihre Affäre vor Ruby geheimzuhalten. An diesem ersten Abend, als Trent sie zum Dinner eingeladen hatte, war es Ruby gelungen, durch geschickte Fragen die Situation zu durchschauen.

Hinter der Speisekarte versteckt, hatte sie festgestellt: »Ihr habt lange gebraucht, bis ihr euch gefunden habt.«

»Was meinst du damit, Tante Ruby?« fragte Trent unschuldig.

Über den Rand der Karte hinweg warf sie ihm einen verschmitzten Blick zu. »Ich bin doch nicht senil, junger Mann.« Sie schwieg einen Moment. »Und ich bin auch selbst noch nicht jenseits von Gut und Böse. Was glaubst du denn, was ich vergangene Nacht gemacht habe?«

»Du hast gesagt, du wolltest dich um einen kranken Freund kümmern.«

»Aber ich habe doch nie behauptet, daß er schwerkrank wäre. Oder?«

Rana hatte nur sprachlos die alte Dame betrachten können, die sich nun wieder eifrig der Speisekarte widmete. Trent jedoch hatte so laut gelacht, daß sich mehrere Gäste nach ihnen umdrehten – und er prompt erkannt wurde. Was wiederum zur Folge hatte, daß er etliche Autogrammwünsche erfüllen mußte, bevor er in Ruhe essen konnte. Seitdem hatte sich Rana unbefangen und selbstbewußt Trent gegenüber verhalten. Ruby tat so, als wäre ihre Affäre die natürlichste Sache der Welt. Aber Rana war nicht so naiv zu glauben, daß andere Leute die Vorliebe des gefeierten Footballhelden Trent Gamblin für die unscheinbare kleine Pensionsbewohnerin für normal halten würden.

Als sie den Salon betrat und Tom Tandys entgeisterten Gesichtsausdruck sah, stellte sie wieder einmal fest, welch seltsames Gespann sie in den Augen der Öffentlichkeit darstellen mußten. Rana und Trent Gamblin wären das vollendete Paar gewesen, Miss Ramsey jedoch hatte neben dem attraktiven Junggesellen nichts zu suchen. Und wenn Rana das nicht schon geahnt hätte, dann hätte die Reaktion des Footballspielers ihr das deutlich gezeigt. Er war geschockt – um es milde auszudrücken.

Toms Mund öffnete sich vor Erstaunen. Einen Augenblick lang tat er ihr fast leid. Zweifellos hatte Trent ihm ihr Aussehen nicht beschrieben, und jemanden wie Miss Ramsey hatte er wohl am allerwenigsten erwartet.

»Tom, das ist Ana Ramsey. Ana, Tom Tandy.«

»Hallo, Tom.« Rana streckte ihm ihre Hand entgegen. Sie war wie immer unmanikürt und voller Farbspuren. Obwohl Rana in letzter Zeit zunehmend bedauerte, nicht mehr so gepflegte Hände wie früher zu haben. Immer wenn Trent ihre Finger küßte oder ihre Hände festhielt, sehnte sie sich nach den alten Rana-Tagen zurück.

Tom drückte kurz ihre Hand, dann ließ er sie schnell wieder los.

»Bitte, setzen Sie sich doch. Wie ich sehe, hat Trent Ihnen schon einen Drink angeboten.«

Ob Trent es nun merkte oder nicht – dieser Augenblick war einfach peinlich.

Sie spielte die vollendete Gastgeberin, nur um dem erstarrten Gast aus der Verlegenheit zu helfen. Eigentlich wäre jetzt der Zeitpunkt gekommen für eine Bemerkung wie: »Sie ist noch schöner, als du sie beschrieben hast« oder »Jetzt weiß ich auch, warum du dich hier in Galveston vergräbst, du Schuft.«

Statt dessen hörte Tom nicht auf, Rana anzustarren. Bestimmt nicht, weil er sie so hinreißend fand. Das hier ging über sein Fassungsvermögen. Er fühlte sich ganz einfach davon überrumpelt, daß sie so ganz anders aussah als all die Frauen, die Trent gewöhnlich bevorzugte.

»Möchten Sie noch ein Bier?« fragte Rana.

»Nein. Nein, danke«, stammelte Tom und setzte sich wieder auf Rubys Sofa. Das viktorianische Prunkstück war nicht für hünenhafte Profifootballer entworfen worden. Tom sank tief in die Kissen, dabei reichten seine Knie fast bis an seine Brust. Wenn Rana zu Scherzen aufgelegt gewesen wäre, hätte sie über den Anblick von Tom und Trent lachen müssen, die sich in dem altmodischen Salon ausnahmen wie Riesen in einer Puppenstube.

»Möchtest du ein Bier, Liebling?« fragte Trent und zog sie an seine Seite.

»Du weißt doch, daß ich das Zeug eigentlich nicht mag. Aber ich trinke gern einen Schluck aus deinem Glas. Draußen ist es so heiß.«

Durstig trank sie einen tiefen Schluck kühles Bier aus seinem Krug und lehnte sich aufatmend zurück. Trent lächelte, küßte sie zärtlich und sah glücklich seinen Freund an. Tom saß nur da und starrte die beiden mit aufgerissenen Augen an.

»Bleiben Sie zum Essen, Tom?« Rana brach das verlegene Schweigen.

»Eh, nein.« Er räusperte sich, doch seine Stimme klang immer noch krächzend. »Ich, eh, ich muß zurück. Ich habe eine, eh, eine Verabredung.«

Er war in der Hoffnung nach Galveston gekommen, Trent mit nach Houston zu nehmen. Seiner Meinung nach hatte sein Freund lange genug im Zölibat gelebt. In ein paar Tagen würden sie ins Traingslager fahren. Bis dahin wollte Tom noch einmal die große Sause machen und hatte angenommen, Trent ginge es genauso. Schon allein die Tatsache, daß er keinerlei Interesse zeigte, hatte Tom schockiert.

Aber als dann Ana Ramsey hereingekommen war, hatte Tom das Gefühl, als würde ihm der Boden unter den Füßen weggezogen. Er wollte seinen Augen nicht trauen. Jeden Moment dachte er, jemand würde ihm sagen, daß das alles nur ein schlechter Scherz sei.

»Ich habe den Eindruck, der Aufenthalt hier hat für Trent Wunder gewirkt«, stellte er jetzt höflich fest.

Wenn Trents Ana schön und kultiviert gewesen wäre, hätte er keine Schwierigkeiten gehabt, Konversation zu machen. Aber diese Frau in der ausgeleierten Hose und der riesigen Strickjacke machte ihn sprachlos. »Er sieht besser aus als seit Jahren«, fuhr er lahm fort.

»Wir haben uns so um seine Schulter gesorgt, aber als er letzte Woche beim Arzt war, hat der gesagt, sie sei völlig wiederhergestellt.« Rana lächelte Trent zärtlich zu.

»Das hat Trent auch erzählt.«

»Ich glaube, in diesem Jahr führt er die Mustangs an die Spitze.« Mit einer unwillkürlichen, liebevollen Geste legte sie ihre Hand auf sein Knie. Trent seufzte zufrieden und legte seinen Arm um Ranas Schultern. »Die Dame betet mich an«, stellte er fest und zwinkerte Tom verschmitzt zu.

Rana boxte ihn spielerisch in die Rippen. Sie rangen eine Weile miteinander, dann umarmten sie sich zärtlich.

»Trent hat mir erzählt, Sie malen oder machen so was in der Art«, bemerkte Tom unbehaglich.

»Eher ›oder so was‹! Ich bemale Kleidungsstücke, denke aber an eine Veränderung. Vielleicht male ich in Zukunft auf Bezugsstoffe – Kissen oder Polster, irgend etwas in der Richtung.«

Tom nickte, aber Rana stellte fest, daß er keine Ahnung hatte, wovon sie sprach. Barry hatte ihr den

Vorschlag unterbreitet. Wenn die wohlhabenden Houstoner Frauen bereit waren, Unsummen für original handbemalte Kleidung auszugeben, würden sie vielleicht noch mehr für handbemalte Polsterbezüge lockermachen. Rana hatte lange darüber nachgedacht und dann die Idee mit Trent diskutiert.

»Versuch's doch einfach«, hatte er sie ermutigt. »Außerdem – um festzustellen, ob deine Polstermöbel oder Kissen Erfolg haben, könnten wir sie in ein paar Wohnungen ausstellen, die meine Maklerfirma vermittelt.«

»Sehen Sie, das habe ich heute gekauft«, erklärte Rana jetzt dem Besucher. »Ich habe Stoffe in einem Textildiscount erstanden.« Sie zeigte auf das große Paket, das sie an der Tür liegengelassen hatte. »Da wir gerade davon sprechen …« Sie erhob sich. »Entschuldigt mich bitte. Ich muß nach oben und arbeiten.«

»Kannst du nicht noch ein wenig länger bei uns bleiben?« Trent lächelte ihr zu und ergriff ihren Arm.

»Ich bin sicher, du und Tom habt noch vieles, worüber ihr euch unterhalten wollt. Ich lasse euch lieber allein. Ich freue mich, Sie kennengelernt zu haben, Tom.«

Tom Tandy stand auf und trat unbehaglich von einem Fuß auf den anderen. »Ebenfalls.«

»Bis später, Liebling.«

Noch einmal zog Trent sie zu einem langen Kuß zu sich hinunter. Als sie sich wieder aufgerichtet hatte, nickte sie Tom selbstbewußt zu, ging zur Tür, nahm ihr Paket und stieg die Treppe hinauf.

Trent sah ihr liebevoll lächelnd nach. Er dachte an die letzte Nacht. Bei der Erinnerung an ihr seidiges Haar und ihren weichen Körper bekam er weiche Knie.

Als Rana ihren Blicken entschwunden war, drehte er

sich zu Tom um, der breitbeinig auf dem Sofa saß und auf den Boden starrte. »Und, was sagst du zu ihr?« Trent trank einen großen Schluck Bier.

Tom spielte mit seinen kräftigen Fingern, räusperte sich, bewegte seine breiten Schultern, schnaubte und hob endlich den Kopf. »Ich halte dich für den übelsten, grausamsten, egoistischsten Schurken, der mir je begegnet ist.«

Langsam setzte Trent den Bierkrug ab. Dabei ließ er Tom nicht aus den Augen. Lange Zeit starrten sie sich an, dann lachte Trent kurz. »Hast du einen bestimmten Grund dafür?«

Tom erhob sich und wanderte durch den kleinen Raum. Auf dem Spielfeld bewegte er sich meisterhaft, doch hier eckte er überall an. Er stieß gegen den Teetisch, warf eine Elfenbeinschnitzerei um und verfing sich mit dem Fuß im Teppich. Schließlich trat er ans Fenster und sah hinaus. »Das, was du dieser Frau antust«, erklärte er langsam.

»Was ich dieser Frau antue, macht ihr und mir einen Riesenspaß. Außerdem geht dich das nichts an«, entgegnete Trent heftig.

Tom drehte sich abrupt um und versuchte, sich zu beherrschen. »Du hast mich nach meiner Meinung gefragt, oder? Also gut, ich sag sie dir. Ich denke, die Art und Weise, wie du diese Frau manipulierst, ist deiner nicht würdig, Trent. Ich habe erlebt, wie du unzähligen Frauen das Herz gebrochen hast, aber die meisten kamen darüber hinweg. All die Frauen hatten noch andere Interessen. Außerdem waren sie nicht mittellos. Sie besaßen viel Geld, gutes Aussehen, und es gab andere Männer, die scharf auf sie waren. Ich bin nicht sicher, ob diese Ana dich überleben kann.«

»Was meinst du mit überleben?«

»Was geschieht mit ihr, wenn du ins Trainingslager abreist?«

»Sie bleibt hier. Ich kann sie doch nicht mitnehmen. Was passiert mit den anderen Frauen unserer Spieler während des Trainingslagers oder in der Spielzeit? Ich verstehe dich nicht, Tom.«

»Dann versuche ich, deutlicher zu werden. Was wird aus ihr, wenn du vom Training zurückkommst, wieder in dein Haus in Houston ziehst und deinen alten Lebenswandel wieder aufnimmst?«

»Wenn die Saison erst einmal begonnen hat, kann ich nicht mehr frei über meine Zeit verfügen. Glaubst du, ich weiß das nicht?«

»Dann willst du sie also weiter treffen.«

»Ja, zum Teufel. Was glaubst du denn?«

»Du willst sie in dein Leben in Houston integrieren?«

»Ja.«

Tom schüttelte verblüfft den Kopf. »Und du denkst allen Ernstes, damit kommt sie klar? Sie fühlt sich in deinen Kreisen wohl?«

»Warum denn nicht?«

»Warum? Also komm, Gamblin. Ich bin dein bester Freund. Du brauchst mich nicht für dumm zu verkaufen. Sieh sie dir doch an!« rief er aus und zeigte in Richtung Treppe. »Sieht sie aus wie die Frauen, die du normalerweise vernaschst?«

Wütend ballte Trent die Fäuste. »Ich glaube, du gehst jetzt besser.«

»Das werde ich auch gleich tun! Aber ich sage dir das alles doch nicht, um deine Gefühle zu verletzen. Ich will dir nur klarmachen, daß sie keine Chance hat. Daß sie eines Tages mit gebrochenem Herzen dasteht. Glaube mir, sie hat all meine Sympathien. Sie tut mir wirklich jetzt schon leid.«

»Schön, vielen Dank, aber das hat Ana nicht nötig. Und warum gibst du ihr keine Chance?«

»Weil du die Frauen immer nur für deine Zwecke ausnutzt. Genau wie du jetzt die Zeit hier für die Heilung deiner Schulter genutzt hast. Ana kommt dir gerade recht. Wie du schon sehr richtig bemerkt hast – die Dame betet dich an. So wie sie dich ansieht! Jede Frau fällt leicht auf dich herein, Trent. Zum Teufel, ich bin ein Mann – glaubst du denn, ich habe keine Augen im Kopf? Du siehst gut aus. Du bist ein ganzer Kerl. Du bist ein Superstar im Sport, und wenn ich all den Frauen glauben kann, die sich jetzt noch die Augen nach dir ausweinen, bist du auch ein Superstar im Bett. Welche Frau sollte sich nicht in dich verlieben? Jeder Mann könnte dich um dein Glück bei den Frauen beneiden, aber ich halte dich einfach für einen miesen Schuft, wenn du dich auf Kosten dieser Lady amüsierst.«

Trent stützte die Hände in die Hüften und warf herausfordernd den Kopf zurück. »Und wie mache ich das, Herr Psychologieprofessor?«

Er wußte, daß er damit seinen Freund am tiefsten treffen konnte. Tom Tandy hatte Psychologie studiert und sogar den Doktorgrad erworben. Aber er hatte das Gefühl, als Profifootballer auf diesem Gebiet nicht sehr ernst genommen zu werden, und hatte deshalb den Traum von einer eigenen Praxis aufgegeben.

Tom balancierte auf den Fersen und bemühte sich, seinen Zorn unter Kontrolle zu halten. Er hob seine großen Hände und fing an, Beispiele an den Fingern aufzuzählen.

»Im vergangenen Jahr hast du einer Schönheitskönigin von der Texas-Universität den Hof gemacht, deren Vater praktisch die halbe Stadt Fort Worth gehört, dann einer jungen Witwe, die nicht nur das Viehimperium ihres verstorbenen Gatten unter Kontrolle hat, sondern auch die gesellschaftliche Oberschicht von West Texas; einer Bankdirektorin aus Corpus Christi, einer Prinzessin, deren königlicher Vater für den Rest seines Lebens hier im Exil lebt. Soll ich fortfahren?«

Trent verschränkte die Arme vor der Brust. »Bitte. Und komm zur Sache.«

»Der springende Punkt ist, daß deine Beziehungen so lange gutgehen, wie du selbst erfolgreich bist. Immer wenn du ein Spiel verlierst, ist deine augenblickliche Romanze gestorben. Aus. Vorbei.«

Trent bewegte sich unbehaglich und drehte Tom den Rücken zu. Er stellte den Aschenbecher auf dem Tisch gerade. »Ich lasse mich durch einen Mißerfolg deprimieren, werde launisch. Ja und?«

»Hör doch auf! Das sind doch nicht nur Launen, mein Freund. In jeder Beziehung mußt du der Star sein. Der Beste. Du kannst es nicht ertragen, daß eine Frau dir überlegen ist. In jeder Beziehung. Du stellst dich jeder Konkurrenz. Auf dem Footballfeld und im Geschäftsleben bist du ein guter Konkurrent und ein fairer Spieler. Tatsächlich liebst du die Herausforderung. Aber in deinem Liebesleben kannst du keine Konkurrenz ertragen. Eine schöne oder berühmte oder begabte, erfolgreiche Frau bedeutet für dein Ego eine Bedrohung, besonders wenn du ein Footballspiel verlierst ... oder an einer Schulterverletzung leidest, die das Ende deiner Karriere bedeuten könnte.«

Tom trat näher und sprach jetzt sehr leise. »Ana Ramsey bedeutet keine Bedrohung für dich, Trent, oder?« Er sah seinen Freund ernst an.

Trent fuhr weiß vor Wut herum, aber Tom war noch nicht fertig. Unbeirrt fuhr er fort: »Sie sieht nicht so gut aus wie du. Mit Sicherheit kleidet sie sich nicht besser. In finanzieller Hinsicht ist sie dir auch nicht überlegen. Vielleicht hat sie ja Talent, aber du bist der unbestrittene Star in eurer Beziehung, oder etwa nicht?«

Er seufzte tief und legte Trent eine Hand auf die Schulter. »Sie war genau das, was du vor ein paar Wochen gebraucht hast. Eine Frau, die dich anbetet, für die deine Worte Evangelium sind, für die du unfehlbar bist. Für sie bist du der Märchenprinz. Sieh den Tatsachen ins Auge, Trent. Als du hierhergekommen bist, warst du auf dem absteigenden Ast. Du hast Ana dazu benutzt, dein geknicktes Selbstwertgefühl aufzurichten.«

Trents Zorn war zum größten Teil abgeklungen, denn einiges von dem, was Tom da sagte, stimmte. Er mochte und respektierte Tom Tandy als Sportler und als Freund. Der Beginn ihrer Freundschaft lag schon Jahre zurück, und Tom hatte aus diesem Grund keine Hemmungen, so offen mit ihm zu reden.

»Du hast sicher in einigen Punkten recht, Tom. Aber mit meinen Gefühlen Ana gegenüber liegst du daneben. Zuerst war es genauso, wie du gesagt hast – ich war auf ein Abenteuer aus. Sie war hier. Warum sollte ich also die Gelegenheit nicht nutzen? Ich hatte sowieso nichts Besseres zu tun.« Er sah seinem Freund gerade in die Augen. »Aber zum erstenmal in meinem Leben habe ich eine Frau richtig kennengelernt. Es klingt vielleicht seltsam – aber ich liebe sie. Ich weiß, sie ist anders. Aber gerade darum liebe ich sie.«

Tom forschte lange Zeit in Trents Gesicht und überdachte ernsthaft seine Worte. Dann verzog sich sein Mund zu einem überraschten Lächeln. »Dann habe ich mich also geirrt. Ich hoffe, alles wird gut. Freunde?« Er streckte die Hand aus.

»Freunde«. Trent drückte sie warm und klopfte ihm auf die Schulter.

Kurz darauf verabschiedete sich Tom. Trent lief die Treppe hinauf und rief nach Ana.

»Wo brennt's?« fragte sie und steckte den Kopf aus der Tür.

»Hier.« Er drängte sich ins Zimmer, trat die Tür mit dem Fuß zu, nahm Rana in die Arme und küßte sie stürmisch. »Ich will mit dir schlafen.«

»Trent!« Sie lachte und versuchte, sich aus seiner Umarmung zu befreien.

»Jetzt.«

»Ich bin mitten in ...«

Wieder küßte er sie und streichelte ihre samtene Haut. Mittlerweile kannte er sie so gut, daß er wußte, wie er sie schnell erregen konnte. Seine Leidenschaft übertrug sich auf sie, und Rana sehnte sich auf einmal auch danach, ihn zu lieben.

Hastig zogen sie sich aus. Zusammen knieten sie auf dem Teppich. Trents Lippen glitten von Ranas Kehle zu ihren Brüsten. Sie bog sich ihm erregt entgegen. Dabei fiel ihr dichtes Haar in weichen Wellen über ihren Rücken. Zärtlich liebkoste Trent ihre Brüste. Dann drängte er Rana auf den Rücken und kam zu ihr.

Als ihre Erregung längst abgeklungen war, lag er noch schwer auf ihr und atmete den blumigen Duft ihres Haares ein. Draußen wurde es schon dunkel, aber er konnte so viel von ihr sehen, daß er sich erstaunt fragte, warum Tom sie nicht ebenso schön fand wie er. Ihre Haare waren voll und seidig und breiteten sich wie ein glänzender Fächer auf dem Teppich aus. In dem schwindenden Dämmerlicht schimmerte ihre Haut durchscheinend wie feines Porzellan.

Trent blieb so lange bei ihr, bis er erneut seine Erregung spürte. Diesmal liebte er sie langsam und sehr zärtlich, kostete jeden wunderbaren Moment aus und jede leise lustvolle Reaktion, während er sie streichelte. Er war restlos glücklich.

Bei keiner anderen Frau hatte er sich jemals so zufrieden und glücklich gefühlt. Während des ganzen langen Abends bewies er ihr seine Liebe und strafte Toms Worte Lügen.

Besonders sich selbst gegenüber.

9

Zuerst wußte Rana nicht mehr, warum sie sich weigerte, aufzuwachen. Dann erinnerte sie sich und kniff schnell die Augen wieder zu.

Trent reiste heute ab.

Sie rollte sich auf den Rücken und starrte an die Decke. Würde sie in der Lage sein, seine Abreise mit der nötigen Gelassenheit hinzunehmen? Bevor sie jedoch länger darüber nachdenken konnte, klopfte es leise. Rana sprang aus dem Bett und eilte an die Tür. Vorsichtig öffnete sie sie einen Spalt weit.

»Wenn du mir erlaubt hättest, heute nacht in deinem Bett zu schlafen, müßte ich nicht um sechs Uhr früh auf Zehenspitzen durchs Haus schleichen. Aber ich liebe dich trotzdem.« Trent steckte den Kopf herein und küßte sie sanft. Ruby wußte Bescheid über ihre Beziehung, aber Rana hatte standhaft auf ihrer Privatsphäre bestanden. Hartnäckig hatte sie sich geweigert, eine ganze Nacht lang mit ihm in einem Bett zu schlafen. »Warum bist du nicht zum Joggen angezogen?«

»Ich wußte doch nicht, ob du heute morgen noch laufen wolltest«, flüsterte sie zurück.

»Ich will. Das ist unser letzter Morgenlauf am Strand von Galveston. Zumindest für eine Weile.« Er umfaßte sie zärtlich und klopfte ihr auf den Po. »Beeil dich. Ich mache mich schon mal vorn auf der Wiese warm.«

Er hatte also vor, so zu tun, als wäre dieser Tag wie jeder andere ... zumindest ein paar Stunden lang.

Als sie nach ausdauerndem Joggen zurückkehrten, tranken sie Fruchtsaft und frühstückten in der Küche, wie es ihnen zur Gewohnheit geworden war. Dann jedoch stiegen sie die Treppe hinauf, und Trent zog Rana in sein Apartment. Er schloß die Tür hinter ihnen ab.

»Was machst du da?« fragte sie argwöhnisch.

»Ich schließe dich ein. Heute gehen wir zusammen unter die Dusche.«

Diese Gunst hatte sie ihm bis heute verweigert. »Trent, du weißt doch ...«

Er legte ihr den Zeigefinger auf die Lippen. »Keine Diskussion. Immerhin bin ich ein Soldat auf dem Weg zur Front. Tu's mir zuliebe.«

»Aber ...«

»Liebst du mich?« Er stellte diese Frage mit so großer Intensität, daß sie ihn unmöglich zurückweisen konnte.

»Ja«, bekannte sie ehrlich. »Ich liebe dich, Trent.«

»Und ich liebe dich. Wir sind so eng zusammen gewesen, wie zwei Menschen es nur sein können. Ich habe dich berührt, dich geküßt – überall. Aber ich möchte dich sehen, Rana. Bitte. Mir zuliebe.«

Er war der erste – und womöglich der letzte – Mann der sie so liebte, wie sie war. Konnte sie ihm an diesem letzten Tag eine Bitte abschlagen? Als er begann, ihr das häßliche graue Sweatshirt über den Kopf zu streifen, protestierte sie nicht. Sie ließ ihn ein unförmiges Kleidungsstück nach dem anderen ausziehen, bis sie nackt vor ihm stand.

Eine lange Weile standen sie sich gegenüber. Trent schwieg. Sein Blick glitt von Ranas Kopf zu ihren Füßen, wieder hinauf, dann wieder hinunter. Er ließ sich viel Zeit. Dann stieß er einen leisen, überraschten Fluch aus.

»Warum ziehst du diese unförmigen Sachen an? Du hast den schönsten Körper, den ich jemals gesehen habe. Ich verstehe das nicht.« Seine Stimme klang rauh, und er schüttelte verwirrt den Kopf.

Rana traten vor Glück die Tränen in die Augen. Seine Bewunderung bedeutete für sie mehr als alle Komplimente, die sie jemals zu hören bekommen hatte. Man hatte ihr ähnliche Worte schon so oft gesagt, daß sie völlig an Bedeutung für sie verloren hatten. Aber als Trent sie jetzt aussprach, erhielten sie auf einmal eine völlig neue Bedeutung.

Wenn sie sich jedoch auf ihre Gefühle verließ, würde sie in Tränen ausbrechen. Und wenn sie einmal weinte, würde sie nicht mehr aufhören können. Dieser Tag war zu kostbar, um ihn auf diese Art und Weise zu verderben. Deshalb trat sie dicht an Trent heran und küßte ihn leicht auf den Mund.

»Du hast noch viel zuviel an, Mr. Gamblin.« Langsam zog sie ihm die Shorts von den Hüften.

Bevor sie hinter dem Duschvorhang verschwanden, riß Trent ihr die Brille von der Nase. Instinktiv griff sie danach, aber er hielt sie hoch über seinen Kopf. Prompt wandte Rana das Gesicht ab.

»Ana, sieh mich an.«

Sie liebte ihn doch, oder? Wenn er sie erkannte, würde das soviel ändern? Er würde sie sowieso in ein paar Stunden verlassen. Ganz langsam drehte sie den Kopf, bis sie ihm in die Augen sehen konnte.

Trent schien sich in der Tiefe ihres Blicks zu verlieren. »So eine ungewöhnliche Farbe«, stellte er geistesabwesend fest, so als würde er zu sich selbst sprechen. »Es ist ein Verbrechen, diese wunderschönen Augen hinter den getönten Gläsern zu verstecken.« Er legte die Brille auf den Rand des Waschbeckens. Dann umschloß er mit beiden Händen Ranas Gesicht und bedeckte es mit sanften Küssen. Er küßte ihre geschlossenen Lider und ihre Wangen, ihre Stirn und ihr Kinn, endlich senkte er seine warmen Lippen auf ihren Mund und glitt mit der Zunge tief hinein.

Das Duschen wurde zu einem erregenden Liebesspiel. Sie küßten sich mit nassen Lippen, während das Wasser auf sie niederströmte, streichelten und massierten sich und flüsterten sich zärtliche Worte ins Ohr. Trents Finger strichen herausfordernd über das Innere ihrer Oberschenkel. Rana liebkoste mit federleichten Bewegungen sein Glied, bis er vor Lust aufstöhnte.

»Du machst mich wahnsinnig«, keuchte er und preßte sie an sich. Ihre Leidenschaft war grenzenlos und kannte keine Zeit.

Das Mittagessen verlief ungewöhnlich schweigsam. Ruby wirkte niedergeschlagen. »Bist du sicher, daß du auch nichts vergessen hast?«

»Ich habe alles eingepackt und das Zimmer zweimal kontrolliert, Tantchen. Sollte ich irgend etwas übersehen haben, kannst du's mir doch in mein Haus in Houston nachschicken. Meine Haushälterin ist immer da.«

Rana beteiligte sich kaum an der Unterhaltung. Sie mußte alle Kraft zusammennehmen, um nicht zu weinen. Gedankenverloren stocherte sie in dem Geflügelsalat auf ihrem Teller.

»Wann geht dein Flugzeug?« fragte Ruby.

»Laut Plan um vier, aber der Abflug verzögert sich bestimmt durch die Interviews. Die Presse wartet sicher schon. Wie immer.« Er runzelte die Stirn und sah besorgt auf Ana. Trent hatte erwartet, sie ein wenig traurig zu sehen – immerhin würden sie sich drei

Wochen lang nicht sehen. Aber mit dieser tiefen Mutlosigkeit hatte er nicht gerechnet.

»Ist das Fernsehen auch da?« fragte Ruby.

»Vielleicht. Schau dir heute Abend die Nachrichten an, womöglich siehst du mich dann im Fernsehen.« Um die Stimmung am Tisch etwas aufzulockern, zwinkerte er seiner Tante verschmitzt zu. »Soll ich dir winken?«

Nachdem sie die Mahlzeit so lange wie möglich hinausgezögert hatten, blieb ihnen nur noch das Abschiednehmen. Trent umarmte seine Tante und küßte sie auf die Wange. »Ich danke dir, das Team dankt dir – und die Fans danken dir.« Ruby stellte sich dumm. »Wovon redest du da, du Schlingel?«

»Wenn du mir kein ruhiges Zimmer zur Verfügung gestellt und mir nicht drei regelmäßige Mahlzeiten am Tag vorgesetzt hättest, wäre ich nicht in solcher Bombenform. Den anderen Jungs wird das Training sehr viel schwerer fallen als mir, und das habe ich allein deiner liebevollen Fürsorge zu verdanken.«

Ruby tupfte ihre feuchten Augen mit einem Taschentuch und murmelte, daß er ihr jederzeit wieder willkommen sei. In ihrem Haus wäre immer Platz für ihn. Nachdem er ihr versprochen hatte, anzurufen, zog sie sich diskret zurück und ließ ihn mit Rana allein in der Eingangshalle. Trent hatte schon vor dem Essen sein Gepäck ins Auto geladen. Der Wagen stand draußen vor der Garage.

Wortlos nahm Trent Rana in die Arme. Sie verbarg ihr Gesicht an seiner Brust und umschlang ihn. Diesen Moment wollte sie in der Erinnerung festhalten – Trents Stärke, seine Wärme, seinen Duft.

»Willst du's mir nicht erzählen?« fragte er weich und strich über ihr Haar.

»Was?«

»Warum du aussiehst, als wäre dir eine Laus über die Leber gelaufen.«

Sie lächelte mit bebenden Lippen. »Sehe ich so aus?«

»Schlimmer.«

»Ich bin traurig, weil du gehst.«

»Doch nur für drei Wochen.«

Für ein ganzes Leben!

»Ich ruf dich jeden Abend an.«

Ein paarmal, dann vergißt du es einmal, dann immer öfter.

»Ich werde dich vermissen, mein Liebling. So sehr!«

Bis du eine andere kennengelernt hast.

Trent küßte sie noch einmal. In dem Bewußtsein, daß es ihr letzter Kuß sein würde, legte Rana all ihre Liebe und Zärtlichkeit in diesen Kuß.

Als er sie freigab, strich er mit dem Daumen leicht über ihre Lippen. »Küß mich noch ein paarmal so, dann fliege ich aus eigener Kraft nach Kalifornien!« Er preßte sie noch einmal kurz und heftig an sich. »Bis in drei Wochen.«

Dann war er gegangen.

Rana taumelte in die Halle und sank auf die unterste Treppenstufe. Sie barg das Gesicht in den Händen und schluchzte bitterlich. Und diesmal war Trent nicht da, um sie zu trösten.

Zumindest waren Ranas Tage ausgefüllt mit Arbeit. Sie schaffte es, ihre Aufträge in zehn Tagen zu erledigen. Barry hatte seine Idee von handgemalten Bezugsstoffen in die Tat umgesetzt, und Rana hatte bereits einen Auftrag: drei große Kissen für eine Gartenliege.

Trent rief wie versprochen jeden Abend an, und sie schwatzten miteinander, bis Tom, sein Zimmergenosse ihn bat, aufzuhören und das Licht zu löschen. Trent telefonierte mit so großer Regelmäßigkeit, daß Rana überrascht war, als Ruby sie eines Abends nach dem Essen an den Apparat rief und sagte: »Da ist ein Mann, aber nicht Trent. Und wer auch immer das ist, er hat Ihren Namen falsch ausgesprochen. Er nannte sie Rana.«

Rana vermied Rubys fragenden Blick und nahm ihr den Hörer ab. »Hallo?«

»Rana Ramsey?«

Mit einem kurzen Blick überzeugte sie sich davon, daß Ruby bereits tief in ein Fernsehspiel versunken war. »Ja, die bin ich.« Der Anrufer stellte sich als Vertreter einer Lebensversicherung in New York vor. »Sie sind die Nutznießerin einer Police über fünfzigtausend Dollar, ich wollte mich nur Ihrer gegenwärtigen Anschrift vergewissern. Sobald die Erbschaftssteuer geklärt ist, erhalten Sie einen Scheck über den vollen Betrag.«

Rana versagte die Stimme. »Wer … wer …?«

»Oh, ich vergaß. Entschuldigen Sie bitte. Morey Fletcher.« Rana sank auf einen Stuhl. Jetzt sollte sie auch noch von Moreys Selbstmord finanziell profitieren! Bei dem Gedanken wurde ihr ganz übel. Sie schluckte und kämpfte gegen den Schwindel in ihrem Kopf an. »Aber ich dachte immer, daß in diesem Fall die Lebensversicherung nicht ausgezahlt wird.«

Der Versicherungsvertreter war offensichtlich verwirrt. »Entschuldigen Sie, das habe ich nicht verstanden. Was meinen Sie damit?«

Sie brachte die verhaßten Worte kaum über die Lippen. »Ich meine, so wie er gestorben ist.«

»Die Versicherungsgesellschaft hat nichts Ungewöhnliches bei Mr. Fletchers Tod festgestellt, Miss Ramsey. Niemand konnte voraussehen, daß er so auf die Medikamente reagieren würde.«

»Medikamente?«

»Ja. Gegen den hohen Blutdruck. Ich muß mich noch einmal entschuldigen. Ich habe gedacht, Sie seien mit den Umständen vertraut.«

»Das habe ich auch gedacht«, murmelte Rana vor sich hin. Allmählich ging ihr die Bedeutung dieses Telefongesprächs auf. Und gleichzeitig die Rolle ihrer Mutter nach Moreys Tod.

»Sein Arzt hatte ihm ein neues Medikament verschrieben.«

»Bin ich recht informiert, daß er die Tabletten mit Alkohol eingenommen hat?«

»Ja, die Obduktion hat das bestätigt, aber der Alkoholanteil im Blut war kaum erwähnenswert. Wahrscheinlich hat er nur ein Glas Wein zum Abendessen getrunken. Unglücklicherweise ist es sehr schwierig, die genaue Dosierung des Medikaments festzustellen. Wenn jemand bei Mr. Fletcher gewesen wäre, als er kollabierte, hätte man ihm vielleicht das Leben retten können. Aber der Alkohol spielte wirklich keine Rolle.«

»Danke«, entgegnete Rana. »Danke für Ihre Erklärung.«

Moreys Tod war ein Unglücksfall gewesen!

Vielleicht war er über ihre Entscheidung, den neuen Vertrag nicht zu unterzeichnen, enttäuscht gewesen, aber er hatte sich deshalb nicht das Leben genommen.

Sie würde weiter um ihren Freund trauern, sich jedoch nicht länger für seinen Tod verantwortlich fühlen.

Als Trent am späten Abend anrief, erzählte Rana ihm von dem Telefongespräch.

»Du kannst dir nicht vorstellen, wie erleichtert ich bin, jetzt, da ich weiß, daß Morey ohne Haß auf mich gestorben ist.«

Trent wußte nicht, daß Morey ihr Agent gewesen war, er hielt ihn für einen nahen Freund.

»Das habe ich nie angenommen, Liebling.« Trent schwieg einen Moment, dann fuhr er fort: »Da du in so guter Stimmung bist, möchte ich dich um etwas bitten.«

»Und um was?«

»Kommst du mit mir auf die Party anläßlich des Saisonbeginns?«

Rana umklammerte den Hörer. »Eine Party?«

»Ja, jedes Jahr nach dem Trainingscamp und vor dem ersten Spiel findet eine Riesenparty statt. Es ist eine große Angelegenheit, und ich möchte dich als meine Begleiterin.«

»Ich glaube nicht, daß ich mitkommen kann, Trent«, entgegnete sie schnell.

»Warum denn nicht? Du läßt mich doch nicht allein da hingehen? Tante Ruby hat hoffentlich mein Apartment nicht an Robert Redford vermietet, oder? Magst du lieber blonde Männer? Okay, mein Engel, ich färbe mir die Haare.« Er lachte.

»Halt! Ich will dich nicht im Stich lassen. Ich kann mir nur nicht vorstellen, daß ich auf eine solche Veranstaltung passe. Nicht, wenn es eine so große Angelegenheit ist!«

»He, hör mal zu! Du bist meine Freundin, und ich bin ein Star!«

Rana konnte sich sein verschmitztes Grinsen gut vorstellen. Sie lächelte. Dann jedoch wurde sie wieder ernst. Was würden seine Freunde und die Mitglieder des Teams von der unscheinbaren Ana Ramsey halten? Sie erinnerte sich an den Gesichtsausdruck von Tom Tandy, als er sie zum erstenmal gesehen hatte. In dem Moment wußte sie, daß sie Trent eine ähnlich peinliche Situation ersparen wollte.

Aber sie wollte auch nicht ihren Entschluß rückgängig machen und als Rana zu der Party gehen. Trent würde sich vorkommen wie ein Idiot, und das wollte sie auch nicht. Besonders im Hinblick darauf, daß für ihn die bedeutendste Spielzeit in seiner Karriere bevorstand. Im Augenblick fühlte er sich als der beste Quarterback im Football. Und sie würde nichts unternehmen, was sein wiedererwachtes Selbstvertrauen untergraben könnte.

»Mal sehen«, gab sie schließlich Trents Drängen nach.

Aber sie wußte, daß sie niemals zu dieser Party gehen würde.

»Mutter!«

»Hallo, Rana.«

Rana stand in der Tür und starrte auf die Besucherin, die mit Ruby im Salon saß. Ranas Gesicht verlor alle Farbe.

»Ihre Mutter ist vor einer halben Stunde angekommen, meine Liebe«, erklärte Ruby und bemühte sich, die offensichtlichen Gegensätze zwischen Mutter und Tochter zu ignorieren. Sie hatte Susan Ramsey vom ersten Augenblick an nicht leiden können, und dieser Eindruck hatte sich auch nicht geändert, als die Besucherin darauf bestanden hatte, daß Anas Name ›Rana‹ sei.

Nur ihre angeborene Höflichkeit hatte Ruby dazu veranlaßt, Susan in den Salon zu bitten und ihr Tee anzubieten, während sie auf Anas oder Ranas Rückkehr warteten. Ruby hatten auch Susans bohrende Fragen nicht gefallen, und sie hatte sie so unverbindlich wie möglich beantwortet. »Möchten Sie Tee, Ana?«

»Nein, danke, Ruby.« Rana wandte den Blick nicht

von ihrer Mutter ab. Susan machte keinen Hehl aus ihrem Mißfallen über die farbenfroh gekleidete Wirtin, das Haus und ihre Tochter.

»Dann lasse ich Sie beide allein.« Ruby verließ das Zimmer, dabei tätschelte sie im Vorübergehen liebevoll Ranas Arm. »Sie brauchen mich nur zu rufen, wenn Sie Hilfe benötigen«, flüsterte sie ihr schnell zu.

»Du siehst furchtbar aus«, begann Susan ohne Umschweife. »Dein Gesicht ist von der Sonne verbrannt.«

»Ich bin oft im Freien, Mutter, und das gefällt mir.«

Susan rümpfte die Nase. »Diese Ruby hat mir erzählt, du hättest einen Liebhaber.«

»Das hat Ruby bestimmt nicht gesagt«, erwiderte Rana sehr ruhig. Sie setzte sich in einen Sessel ihrer Mutter gegenüber. Susan hielt sich so aufrecht, daß ihr Rücken die Sofalehne nicht berührte.

»Du hast vielleicht einige Informationen über mich aus Ruby herausgeholt, genug, um zu diesem Schluß zu kommen, aber versuche nicht, mir einzureden, daß Ruby über mich getratscht hätte. Ich weiß es besser. Genau wie ich weiß, wie gut du jemanden manipulieren kannst, Mutter.«

Susans einzige Reaktion auf die Antwort ihrer Tochter war, daß sie eine Augenbraue hochzog. »Lebst du hier mit einem Mann zusammen?«

»Nein. Aber ich habe mich in jemanden verliebt, der hier gewohnt hat. Er ist jetzt fort.«

»Das habe ich gehört. Ein Footballspieler.« Susan lachte geringschätzig. »Nur weil ein Mann breite Schultern hat, benimmst du dich lächerlich. Ich hätte es wissen sollen, daß du aus dem Grund nicht zurückgekehrt bist.«

»Trent hatte mit meiner Entscheidung nichts zu tun.«

»Wirklich nicht?«

»Nein.« – »Wir sprechen von Trent Gamblin, oder?« – »Ja.«

»Kürzlich habe ich gelesen, daß seine Karriere ziemlich steil ihrem Ende entgegengeht.«

»Er hatte eine Schulterverletzung, aber in diesem Jahr wird er besser sein als jemals zuvor.«

»Du liebe Güte, Rana, erspar mir deine Schwärmerei. Es macht mich krank.« Susan bürstete ein nicht existierendes Stäubchen von ihrem Rock. »Und wie soll diese miese kleine Affäre weitergehen?«

»Das weiß ich nicht. Aber eins weiß ich mit Sicherheit, Mutter – es geht dich nichts an.« Rana betonte jedes Wort. Susan erstarrte. »Ich lebe ein neues Leben. Eine neue Karriere. Meine Arbeit ist gefragt. Falls ich jemals als Model zurückkehrte, ist es allein meine Entscheidung und hat nichts mit dir zu tun.«

Rana beugte sich vor und nahm die Brille ab. »Warum hast du mir weisgemacht, daß Morey Selbstmord begangen hat?« Sie sah ihrer Mutter gerade in die Augen.

Susan preßte die Lippen zusammen. »Das habe ich nicht.«

»O doch! Um deine Interessen durchzusetzen, gehst du im wahrsten Sinne des Wortes über Leichen. Diesmal bist du zu weit gegangen, Mutter. Du tust mir leid. Du mußt schrecklich allein sein.«

Susan sprang auf. »Spar dir dein Mitleid. Ich habe es geschafft, das Beste daraus zu machen, daß du mich im Stich gelassen hast. Ich habe das Penthouse verkauft und werde jeden Cent aus dem Erlös für mich behalten.«

»Gratuliere. Ich gönne es dir. Dieses Mausoleum, das du irrtümlich ›Zuhause‹ genannt hast, habe ich schon immer gehaßt.«

Susan überhörte Ranas Bemerkung. »Ein Freund hat mich beraten, wie ich auch ohne dich finanziell zurechtkommen werde. Er hat mich gebeten, bei ihm zu wohnen. Ich soll ihm aus einigen persönlichen Problemen heraushelfen.«

Rana lächelte. Jetzt konnte Susan ihre Fähigkeiten voll entfalten. »Schön für dich, Mutter. Hoffentlich wirst du glücklich.«

»Bestimmt. Während du dein Leben mit diesem Muskelprotz vergeudest, der nichts anderes kann, als einen Ball über ein Spielfeld zu tragen.«

»Ich weiß nicht, ob Trent und ich eine gemeinsame Zukunft haben. Aber zumindest bestimme ich über mein Leben, nicht du.«

»Weiß er, wer du bist?«

Die beiden Frauen sahen sich an. Dann lächelte Susan triumphierend, als sie bemerkte, daß sie einen wunden Punkt getroffen hatte.

»Nein? Wenn ich seine Tante recht verstanden habe, hat er ein ziemlich empfindliches Ego, besonders im Hinblick auf seine Karriere. Dein internationaler Ruhm würde ihm weniger gefallen, habe ich recht? Behältst du deshalb deine Identität für dich?«

»Nein!«

»Na schön, es geht mich ja auch nichts an«, stellte Susan leichthin fest. »Mein Freund hat geschäftlich in Houston zu tun, deshalb sind wir kurz rübergeflogen.« Sie ergriff ihre Handtasche, stand auf und ging in Richtung Halle.

»Ich muß gehen, sonst komme ich zu spät zum Flughafen. Ich wollte dir eine letzte Chance geben, zurückzukommen, Rana, aber ich will nicht in dein Leben eingreifen. Wenn du es vorziehst, in Sack und Asche zu leben, ist das deine Sache. Übrigens, als ich die Wohnung aufgelöst habe, habe ich all deine Sachen zusammengepackt und sie hierhergeschickt.

Du kannst ja selbst entscheiden, was du damit anfangen willst. Leb wohl.«

Ranas Herz krampfte sich zusammen. Das war's also. Das war der endgültige Abschied. Sie konnte nicht fassen, daß sie und ihre Mutter so unpersönlich auseinandergingen. Vermutlich würden sie sich nie wiedersehen.

»Mutter«, rief sie mit bebender Stimme und machte ein paar Schritte auf Susan zu. Diese drehte sich ungehalten um. Rana blieb stehen.

»Du sagst, ich lebe in Sack und Asche, aber das stimmt nicht. Ich besitze mehr als jemals zuvor.« Verzweifelt hielt sie inne und wartete auf eine Reaktion.

»Ich weiß jetzt, was wirkliche Schönheit bedeutet. Ich weiß, wie es ist, zu lieben. Das hat mich Trent gelehrt, auch wenn er selbst es nicht weiß. Ich habe gedacht, ich hasse dich. Aber das stimmt nicht. Ich liebe dich, Mutter, nicht weil du so bist, wie du bist, sondern trotzdem. Und weil ich dich liebe, tut es mir leid, daß du nie erfahren wirst, welches Glück wahre Liebe bringen kann.«

Sie erwartete nichts, und Susan hatte ihr auch nichts zu geben. Stumm drehte sie sich auf dem Absatz um und verließ das Haus.

»Kommst du mit oder nicht?«

»Ich ...«

»Sprich lauter, Liebling. Ich rufe vom Umkleideraum aus an. Hier ist es verdammt laut. Kommst du mit auf die Party? Ich bin der einzige Mann im Team ohne Begleiterin. So grausam bist du nicht zu mir, oder?«

Seit Susans Besuch hatte Rana mit sich gekämpft. Sie hatte sich immer noch nicht entschieden. Die Footballmannschaft war am vergangenen Tag nach Houston zurückgekehrt. Am Vormittag hatten die Spieler jedoch trainieren müssen, so daß es Trent nicht möglich gewesen war, nach Galveston zu fahren. In ein paar Stunden sollte die Party beginnen. Trent mußte jetzt endlich wissen, ob sie ihn begleiten würde oder nicht.

Rana hatte stundenlang darüber nachgedacht. So schmerzhaft das letzte Zusammentreffen mit ihrer Mutter auch gewesen war, es hatte Rana doch veranlaßt, sich ernstlich Gedanken über ihre Liebe zu Trent zu machen. Und über seine Liebe zu ihr. Er hatte vor seiner Abreise gesagt, daß er sie liebte, und das bei jedem seiner Anrufe wiederholt. Während ihrer Trennung hatten sich seine Gefühl ihr gegenüber nicht verändert. Rana hatte erwartet, ihn nie wiederzusehen, aber jetzt war ihr klar, daß Trent sie als Teil seines Lebens betrachtete.

Die Frage war nur: Liebte er sie für das, was sie war, oder für das, was sie nicht war? Würde er Rana noch genauso lieben wie Ana? Sie konnte das Versteckspiel nicht ewig fortführen. Zumindest das war ihr klar geworden. Sie war Rana – ebenso wie Ana. Das Leben hinter der häßlichen Fassade war genauso eine Lüge wie das Leben hinter Ranas glitzernder Aufmachung.

Liebe bedeutete, den anderen so zu akzeptieren, wie er war. Entweder liebte Trent sie oder nicht. Die Probe aufs Exempel würde hart sein, aber Rana mußte sie durchstehen. Sonst gäbe es keine Zukunft für sie beide.

Natürlich mußte sie auch sich selbst auf die Probe stellen. Das würde ihr am schwersten fallen. Sie wußte nicht, ob sie durchhalten könnte.

»Ja, ich komme«, erklärte sie ruhig.

»Großartig! Ich schicke dir einen Wagen.«

»Nein! Du bist verrückt!«

»Verrückt nach dir, Liebling! Wenn ich dich sehe, kann ich für nichts mehr garantieren.« Die Doppeldeutigkeit seiner Worte war ihm nicht bewußt.

Nachdem sie den Hörer aufgelegt hatte, ging Rana wie in Trance ins Bad. Sie stellte sich vor den Spiegel und zog langsam die blaugetönte Brille ab. Sie zerbrach sie am Rand der Badewanne und warf die Scherben in den Abfallkorb. Sie schüttelte das Haar aus dem Gesicht und band es zu einem Pferdeschwanz.

Dann öffnete sie den Schrank und holte ihre Kosmetiktasche heraus.

10

Sie sah phantastisch aus. Ihr weißes Kleid war extra für ihre zarte Gestalt entworfen worden. Als Rana die Schrankkoffer durchwühlte, die ihre Mutter aus New York geschickt hatte, entschied sie sich, dieses Kleid auf der Party zu tragen. Es war ihr liebstes Kleidungsstück und sehr charakteristisch für ›Rana‹.

Die fließende Seide betonte und umschmeichelte jede Rundung ihres Körpers. Der Ausschnitt, der eine Schulter freiließ, war mit kleinen weißen Perlen bestickt. Dazu trug Rana keinen Schmuck außer glitzernden Brillantohrringen. Sie hatte selbst ihr Haar in Form gebracht und es eine halbe Stunde lang eingedreht. Jetzt schüttelte sie den Kopf und bürstete es kräftig. Dann warf sie den Kopf zurück. Die tiefroten Haare umrahmten weich ihr Gesicht und fielen auf ihre Schultern.

Sie hatte ihre Fingernägel manikürt und sie passend zu ihrem Lippenstift korallenrot lackiert.

Ihre gebräunte Haut schimmerte wie Seide nach der Packung, die Rana am Nachmittag aufgelegt hatte. Sie hatte ihr Geschick, Make-up wirkungsvoll aufzutragen, nicht verlernt. Ihr standen nicht viele Mittel zur Verfügung, der Effekt jedoch war atemberaubend. Als das Haar voluminös aus dem Gesicht gebürstet war, traten ihre weltbekannten Wangenknochen deutlich hervor.

Im Spiegel erblickte Rana ein exotisches Gesicht, das an eine heidnische Göttin erinnerte. Außerordentlich sinnlich. Das Gesicht, das niemand so schnell wieder vergessen würde.

Die Limousine hielt vor der Villa am River Oaks, wo die Party stattfand. Der Fahrer kam um den Wagen, um Rana hinauszuhelfen. Sie nahm ihre schmale, weiße Abendtasche und ergriff seine ausgestreckte Hand. »Danke«, sagte sie weich.

»Es war mir eine Ehre, Miss Ramsey. Einen schönen Abend noch.«

Der Sommerabend war warm und schmeichelnd, in der Luft hing ein Duft von blühenden Geranien und Magnolien.

Rana war nervös.

Hinter einer Absperrung warteten schon die Reporter und Fotografen auf die ankommenden Mustangspieler und deren Gäste.

Hochaufgerichtet schritt Rana auf den Eingang zu. Irgend jemand flüsterte: »Großer Gott, zu wem gehört denn die?« Es war ein Sportreporter, der sie nicht erkannte. Aber gleich neben ihm stand ein bekannter Kolumnist der Gesellschaftsspalte einer großen Zeitung.

»Schnell!« befahl er aufgeregt dem Fotografen. »Mach ein paar Fotos. Beeil dich, bevor sie im Haus ist!«

»Wer ist das?« fragte der neugierige Sportreporter.

»Rana, du Dummkopf. Liest du nie etwas anderes als Sportzeitschriften? Denk mal scharf nach. Vor ein paar Jahren hat sie Reklame für Badeanzüge gemacht.«

»O ja! Jetzt erinnere ich mich. Ein berühmtes Model, oder?«

»Das beste.«

»Was macht sie hier?«

»Ich weiß nicht, aber ich werde es herausfinden. Man hat sie seit Monaten nicht mehr in der Öffentlichkeit gesehen. Man munkelte schon, sie sei schwanger oder völlig fett geworden.«

Rana hatte genügend von dem Dialog mitbekommen, um zu wissen, daß man sie erkannt hatte. Jetzt nahm alles seinen Lauf. Sie konnte nichts mehr dagegen tun. Aber aus der Meinung anderer Leute machte sie sich nichts, wichtig für sie war einzig und allein Trents Reaktion.

Sie schritt die Stufen zum Eingang der großen Villa im Kolonialstil hinauf. Gleich hinter der Tür sah sie ein älteres, distinguiert wirkendes Paar, das Rana sofort als die Mäzene der Footballmannschaft erkannte. Die beiden unterhielten sich mit Tom Tandy.

Für einen Moment blieb sie stehen, dann ging sie entschlossen weiter. Tom erblickte sie aus dem Augenwinkel. Sein Kopf fuhr herum. In typisch männlicher Manier musterte er sie von Kopf bis Fuß.

»Hallo Tom«, begrüßte sie ihn weich. Ihre Stimme übertönte kaum die laute Musik und die lebhaften Stimmen ringsum.

Verblüfft riß er die Augen auf. »Hallo«, murmelte er verwirrt. Dann kam er zu ihr und führte sie zu dem Ehepaar, das offensichtlich darauf wartete, daß Rana ihnen vorgestellt wurde.

»Mr. und Mrs. Harrison, darf ich Ihnen Miss ... eh ... Miss ...«

Offenbar hatte Tom sie nicht wiedererkannt, deshalb ersparte sie ihm weitere Peinlichkeiten. »Ich bin Rana«, erklärte sie und streckte die Hand aus.

Mr. Harrison schüttelte sie in sprachlosem Staunen. Er verhielt sich wie alle Männer, die ihr zum erstenmal begegneten. Mrs. Harrison jedoch lächelte liebenswürdig. »Es ist uns eine Ehre, Sie in unserem Haus begrüßen zu dürfen, Rana. Was für ein bezauberndes Kleid!«

»Danke.«

»Tom, warum bieten Sie Rana nicht einen Drink an?«

»Ja, ja, natürlich. Möchten Sie ... eh ...« Auffordernd nickte er in Richtung Bar. Er berührte Rana nicht. Sie bedankte sich bei den Harrisons für die Einladung zur Party, dann folgte sie Tom. Er bahnte ihnen einen Weg durch die Menge, dabei drehte er immer wieder den Kopf und sah sie verwirrt an. Woher kannte ihn diese schöne Frau? Warum erinnerte er sich nicht an sie? So betrunken hätte er doch niemals sein können!

»Rana, haben Sie gesagt?«

»Ja, aber ich wurde Ihnen als Ana vorgestellt. In Galveston. Vor ein paar Wochen. Haben Sie Trent gesehen? Ist er schon hier?«

Tom blieb abrupt stehen. Sein Mund klappte herunter. Mit beiden Händen umfaßte er Ranas Schultern und sah auf sie hinunter.

»Das ist nicht möglich.«

Diesen Satz wiederholte er noch mehrmals, dann warf er den Kopf zurück und brach in lautes Gelächter aus. »Dieser Schuft! Wenn ich den in die Finger kriege! Er hat mich ja schon oft reingelegt, aber diesmal ... Junge, da hat er mir aber einen verbraten. Und Sie auch! Sie haben doch unter einer Decke gesteckt, oder? Du liebe Güte, ich hätte Sie in tausend Jahren noch nicht wiedererkannt.«

»Das war kein abgekartetes Spiel, Tom. Wissen Sie ...«

In dem Moment erblickte sie Trent.

Er stand etwas abseits in der Menge und plauderte fröhlich mit einigen Mannschaftsmitgliedern. Die meisten Spieler waren noch einen Kopf größer als er, aber für Rana war er der attraktivste Mann im ganzen Saal.

Sein dunkles Haar war zerzaust wie immer. Das gebräunte Gesicht hob sich kontrastreich gegen sein weißes Hemd ab. Er trug eine maßgeschneiderte, perfekt sitzende weiße Hose und einen marineblauen Blazer.

Beim Lachen enthüllte er strahlend weiße Zähne. Seine braunen Augen leuchteten vor Aufregung und Erwartung. Immer wieder glitt sein Blick zum Eingang.

Rana fühlte, wie ihr ganz warm ums Herz wurde. Wie sehr liebte sie doch diesen Mann! Sie hätte stundenlang da stehen und ihn nur ansehen können. Aber das Unvermeidliche ließ sich nicht länger aufschieben. Kurz nachdem sie ihn entdeckt hatte, wanderte sein Blick über die Menge und blieb auf ihr hängen. Wie schon sein Freund vor ihm riß Trent beim Anblick der verführerischen Frau in Weiß die Augen auf. Sie hatte tiefrotes Haar, eine Haut, die wie Marmor schimmerte, geheimnisvolle, exotische Augen und eine Traumfigur.

Als Trent spürte, wie sich plötzlich sein Pulsschlag beschleunigte, wandte er schuldbewußt den Blick ab. Wo war Ana? Die Augen der Frau veranlaßten ihn, sie noch einmal anzusehen. Immer noch blickte sie ihn an. Mit leichtem Nicken nahm er ihre Aufmerksamkeit zur Kenntnis. Da lächelte sie ihm zögernd zu.

Rana sah, wie es erkennend in seinen Augen aufblitzte. Sie sah, wie sich sein Gesicht überrascht verzog. Zuerst ungläubig, dann voller Freude. Er bahnte sich mit dem Ellbogen schnell einen Weg durch die Menge und eilte auf sie zu. Rana erlebte einen Moment reiner Freude, dann erschien auf seinem Gesicht der Ausdruck, den sie am meisten befürchtet hatte.

Abrupt verschwand das strahlende Lächeln. Sein Blick wechselte von leuchtender Wärme zu glitzernder Kälte. Selbst seine Haltung veränderte sich. Sein Körper versteifte sich in äußerster Wachsamkeit.

Rana sah, wie er wütend auf dem Absatz kehrtmachte und in der Menge verschwand. Um sie herum plauderten und scherzten die Partygäste, ohne etwas von dem dramatischen Geschehen in ihrer Mitte zu ahnen.

»Das verstehe ich nicht«, stellte Tom fest, als Rana sich abwandte, um Trent nachzueilen. »Was ist denn in den gefahren? Was geht hier eigentlich vor?«

»Wir erklären Ihnen alles später, Tom.«

»Soll ich mitkommen?«

»Nein. Trotzdem vielen Dank, aber das müssen wir allein regeln«, warf Rana über die Schulter zurück.

Schon hatte sie Trent aus den Augen verloren. Ihr war er immer sehr groß erschienen, aber die meisten anderen Spieler überragten ihn. Rana bahnte sich verzweifelt einen Weg durch die Sportler, ihre Blicke versuchten, das Gewühl zu durchdringen.

Auf einmal entdeckte sie Trent, wie er durch eine Glastür am hinteren Ende des Saals verschwand. In dem Moment stimmte die Band das Mannschaftslied an. Voller Vorfreude und Optimismus im Hinblick auf die kommende Spielzeit fielen die Spieler fröhlich ein.

Endlich hatte Rana die Glastür erreicht und trat hinaus in den dämmrigen Abend. Stufen führten zu einem Patio und einem künstlich angelegten Teich, Trent wanderte mit langen Schritten um das hintere Ende des Sees und kickte wütend unsichtbare Steine mit den Füßen.

»Trent! So warte doch!«

Entweder hörte er sie nicht, oder er ignorierte sie absichtlich. Rana lief die Treppen hinunter und hinter ihm her. Ihre hochhackigen Schuhe und das lange Kleid hinderten sie am schnellen Fortkommen. Kurzentschlossen schlüpfte sie aus den Schuhen und hob mit beiden Händen den Rocksaum. Die Steinplatten auf dem Boden waren noch warm von der Sonne. Im Gegensatz dazu fühlte sich das Gras feucht und kühl an ihren nackten Füßen an. Am hinteren Ende des Sees stand ein weißes Gartenhaus.

Rana hatte es fast erreicht, als sie endlich Trent einholte. Er zog gerade den Blazer aus und warf ihn über einen Korbsessel. Sein Hemd stand am Hals offen. Seine Brust hob und senkte sich heftig vor unterdrückter Wut.

Im gleichen Moment, als Rana durch die Tür trat, machte er seinem Ärger Luft. »Wachsen mir schon lange Ohren? Sehe ich schon aus wie ein Esel?«

Rana schüttelte stumm den Kopf. Tränen rannen über ihre Wangen.

»Du hast mich zum Idioten gemacht! Bist du nur gekommen, um dir mein dummes Gesicht anzusehen?«

»Es ist alles ganz anders, Trent.« Sie schluchzte leise.

Außer sich stemmte er die Fäuste in die Seiten. »So? Und wie? Na? Du könntest zumindest die Freundlichkeit besitzen, mir zu erklären, warum du mich zum Narren gehalten hast.«

»Ich wollte dich nicht zum Narren halten. Du hast dich um mich bemüht, nicht umgekehrt. Erinnerst du dich? Wer hat wem zuerst nachgestellt?«

Trent sah hinunter auf ihre ausgestreckte Hand. Er erkannte sie kaum wieder. Diese gepflegten Finger hatten nichts gemein mit den farbverschmierten Händen, die er so oft geküßt hatte. Ranas Augen leuchteten geheimnisvoll in der Dunkelheit. Für einen Augenblick überwog seine Verblüffung. »Wer zum Teufel bist du eigentlich?«

»Ich heiße Rana.«

»Das weiß ich«, entgegnete er irritiert. »Ich bin nicht so dumm, wie du denkst. Ich lese Zeitschriften. Ich fahre über die Autobahn. Verdammt!« Er machte eine zornige Handbewegung. »Wer könnte dich übersehen? Halbnackt auf allen Plakatwänden! Ich habe im Fernsehen diese stumpfsinnigen Talkshows gesehen, in denen man über so wichtige und weltbewegende Dinge diskutiert, wie zum Beispiel, welche Länge der Rocksaum haben sollte, während die Hälfte der Menschheit verhungert!«

»Oh«, rief Rana aus. »Deiner Meinung nach trägt also ein Footballspiel mehr zum Nutzen der Allgemeinheit bei?«

Für einen Moment barg er das Gesicht in den Händen und versuchte, sich unter Kontrolle zu bringen. Dann hob er den Blick. Seine Augen waren sehr dunkel. »Du hast recht. Keiner von uns beiden zählt besonders auf der Welt, oder? Aber ich mache kein Hehl aus meiner nutzlosen Posse. Du jedoch ... Warum hast du dich verkleidet? Was sollte das alles? Diese häßlichen Kleider und alles andere?«

»Ich habe vor sechs Monaten aufgehört, als Model zu arbeiten. Ich hatte es satt.«

»Auf der Höhe deiner Karriere? Weil du es satt hattest, schön zu sein? Mit der ganzen Modewelt zu deinen Füßen und unzähligen Frauen, die den Rana-Look kopieren? Komm, Ana oder Rana, oder wie auch immer dein Name ist, ich bin nicht von vorgestern! Kannst du mir einen einzigen glaubhaften Grund nennen?«

»Es ging mir nicht um die Karriere. Es waren die Begleitumstände.«

»Ach ja«, bemerkte er sarkastisch. »Ruhm und Ehre.«

»Meine Mutter wollte mich an einen reichen alten Mann verkaufen«, entgegnete Rana hitzig. »Reicht dir das? Ich habe es vorgezogen, mich nicht zu prostituieren, und habe New York verlassen. Dann habe ich mich bei Ruby eingemietet. Ich wollte einen neuen Namen. Ein unscheinbares Allerweltsgesicht. Anonymität. Frieden. Ich wollte endlich ohne das glitzernde Zubehör akzeptiert werden, als die Frau, die ich wirklich bin. Und es wäre mir fast gelungen.«

»Okay, das kaufe ich dir ab.« Sein Blick glitt erst über ihr Haar, dann über ihr Kleid. »Aber was ist mit heute Abend? Warum hast du dich heute so herausgeputzt, wenn du dich doch so verändert hast?«

Sie trat einen Schritt auf ihn zu. »Weil ich dich liebe, Trent.«

Er drehte ihr den Rücken zu, steckte die Hände tief in die Hosentaschen und sah hinaus auf den stillen See. Kein Windhauch war zu spüren. Im Gras zirpten die Grillen, und am Wasser quakten Frösche. Die Musik aus dem Haus drang gedämpft zu ihnen herüber.

»Was hat das mit all dem zu tun?« fragte er nach langem Schweigen.

»Alles. Du hast gesagt, du liebst mich. Mich!« Rana legte die Hände auf die Brust. »Nun, das hier ist ein Teil von mir.«

»Woher soll ich wissen, daß deine Liebe nicht genauso verlogen ist wie alles an dir?« Trent drehte sich langsam um und sah ihr ins Gesicht.

Sein anklagender Blick machte sie wütend. »Was war denn an Ana Ramsey falsch?«

»Zum Beispiel ihr Name.«

»Du hast mich doch so genannt, nur weil du Ana R. auf dem Rock gelesen hast! Das heißt Rana, nur rückwärts geschrieben, falls dir das immer noch nicht klar ist.«

»Sehr klug«, bemerkte er schneidend. »Warum hast du mich nicht korrigiert?«

Rana rang die Hände. »Ich hatte immer noch Angst, entdeckt zu werden. Ich war mir noch nicht klar über mich. Ich brauchte mehr Zeit.«

»Seitdem hast du Zeit genug gehabt. Jede Menge.«

»Aber warum hätte ich dir denn alles erklären sollen, Trent? Du hast dich in mich verliebt, und ich habe dich auch begehrt.« Eine Träne rollte über ihre Wange. »Du warst der erste Mensch in meinem Leben, der mich für das, was ich bin, geliebt hat. Und nicht nur wegen meines Aussehens. Ich wollte das nicht aufs Spiel setzen. Vergib mir.«

Sie atmete tief. »Du bist wütend, und du hast allen Grund dazu. Als ich heute Abend herkam, habe ich damit gerechnet. Aber ich wollte keinen Narren aus dir machen. Es hat mir keinen Spaß gemacht, dich all die Zeit über zu belügen. Manchmal hätte ich dir am liebsten alles erklärt, aber dann hast du gesagt, du liebst mich, weil ich so anders bin. Ich wußte nicht, ob du Rana so lieben würdest wie Ana.«

Sie wischte die Tränen weg und lachte weich. »Nach unserer ersten Nacht wollte ich mich für dich schön machen. Ich wollte schön sein für dich, so wie jede Frau schön sein will für den Mann, den sie liebt. Aber in deinen Augen fühlte ich mich auch so schön, schöner als jemals zuvor. Und das hatte nichts mit meinem Äußeren zu tun. Wenn du mich verstehst, begreifst du auch, wie einsam ich mich mit diesem Gesicht gefühlt habe. Ich will mich nicht beklagen, versteh mich bitte nicht falsch. Mein Gesicht hat mir viel Geld eingebracht. Aber ich habe mich genauso diskriminiert gefühlt, als wäre ich eine unattraktive Frau. Die gleiche Ablehnung, die gleichen Vorurteile, nur aus dem umgekehrten Grund.«

Rana trat ganz nahe an ihn heran und legte ihre Hand auf seine Brust. »Du hast Ana trotz ihrer Unscheinbarkeit geliebt. Ich bin dieselbe Frau, Trent. Kannst du mich auch lieben oder akzeptieren, wenn ich so aussehe wie jetzt?«

Trents Augen schimmerten feucht. »Du bist so schön«, murmelte er heiser. »Ich erkenne dich nicht wieder. Du siehst aus wie eine Göttin.«

»Aber das bin ich nicht, Trent. Rede mit mir«, bat sie. »Berühr mich. Küß mich – dann weißt du, wer ich bin.«

Er öffnete die Arme, und Rana schmiegte sich an ihn. Sie schlang die Arme um seinen Nacken und barg ihren Kopf an seiner Brust.

»Ich habe dich so vermißt«, flüsterte sie und küßte seine braune Haut. »So sehr.«

Trent stöhnte leise auf und preßte sie an sich. Seine Finger spielten in ihrem Haar, dann drängte er ihren Kopf zurück, um sie zu küssen. Doch auf einmal zögerte er.

Rana zog ihn zu sich hinunter. »Sei kein Feigling! Hab keine Angst vor mir! Küß mich wie immer.«

Seine Lippen preßten sich fest und fordernd auf ihren Mund. Seine Zunge drängte hinein. Rana bog sich ihm entgegen und hielt ihn eng umschlungen.

Da wußte er endlich Bescheid. Sie gehörte zu ihm. Sie war sein Zuhause.

»Wie hat Tante Ruby reagiert?«

»Die Arme. Zum erstenmal sprachlos.»

»Hat sie dich als Rana erkannt?«

»Ja, natürlich. Du kennst doch ihre Vorliebe für Modezeitschriften. Außerdem hat sie mitbekommen, wie mich meine Mutter Rana nannte.«

»Deine Mutter? Wann war das denn?«

»Sie hat mich überraschend besucht. Ich hatte herausgefunden, daß Morey ...«

»Wer ist das?«

»Mein Agent. Der Freund, der gestorben ist.«

»Der Selbstmord begangen hat?«

»Ja, aber das hat mir meine Mutter nur eingeredet.«

»So eine Hexe.«

»Ja, also ...«

»Entschuldige die Unterbrechung. Erzähl weiter. Das ist alles so verwirrend.«

»Ich erkläre dir später alles ausführlich. Jedenfalls war meine Mutter hier, und es war kein fröhliches Zusammentreffen.« Ranas Stimme klang traurig. »Ich kann nur hoffen, daß wir uns eines Tages einmal verstehen.«

Trent küßte sie zärtlich auf die Stirn. »Das hoffe ich auch für dich. Aber eigentlich haben wir über Tante Ruby gesprochen.«

»Als ich heute abend die Treppe herunterkam, fiel sie fast in Ohnmacht. Ich habe versprochen, ihr alles später zu erklären.«

»Mir scheint, du bist uns allen noch eine Menge Erklärungen schuldig, Miss Ramsey«, meinte er und hob sacht ihr Gesicht.

»Ja. Aber später.«

Trent zog sie über sich und vergrub seine Finger in ihrem schimmernden Haar. Dann küßte er sie lange und zärtlich.

Sie waren nicht mehr lange auf der Party geblieben. Nach einigen Versöhnungsküssen im Gartenhaus hatten sie Ranas Schuhe im Gras gesucht und waren ins Haus zurückgekehrt. Tom wartete schon an der Glastür auf sie. Er sah verwirrt und ärgerlich aus.

»Was zum Teufel geht hier vor?« fragte er.

Sie nahmen ihn zu dem riesigen Büffet mit. Während sie ihre Teller mit Köstlichkeiten beluden, gaben sie ihm einen kurzen Überblick. Tom schüttelte immer wieder erstaunt den Kopf. »Ich hätte es wissen müssen. Mein Freund Gamblin, der Playboy, angelt sich die schönste Frau im ganzen Land.«

»Bist du wirklich so ein Casanova?« fragte Rana jetzt und knabberte zart an Trents Ohrläppchen. Sie lagen beide nackt auf seinem riesigen Bett. Nach der Heimfahrt und einem kurzen Gespräch mit seiner Haushälterin hatte Trent sie geradewegs zum Bett geführt.

»Hast du was dagegen?«

Mit seinen starken Händen umfaßte er ihren Po und drückte sie an sich.

»Mm.« Rana seufzte und bewegte sich leicht auf ihm. »Ich bin aber ein monogames Wesen, Trent.«

Ihre Blicke trafen sich. »Ich auch.«

Sie fuhr sacht mit ihrem Finger die Konturen seiner Lippen nach. »Gibt es eine gemeinsame Zukunft für uns?«

»Wenn dir ein abgedankter Footballspieler als Ehemann nicht zu wenig ist.«

Sie hob seine rechte Hand an ihre Lippen und küßte seine kräftigen Finger.

»Ich will dich mehr als alles auf der Welt. Aber du hast noch lange nicht abgedankt.«

»Ich meine es ernst, Rana.« Mittlerweile fiel ihm der Name leicht. »Vielleicht mache ich mich in dieser Saison von Green Bay bis Miami auf dem Spielfeld lächerlich.«

»Das wird nicht so sein. Aber selbst wenn du kein einziges Spiel mehr gewinnst, geht davon die Welt auch nicht unter. Dafür hast du auf anderen Gebieten umso mehr Erfolg.«

»Und wo?«

»In der Liebe zum Beispiel.«

»Vielleicht manipuliere ich dich nur. Tom hat mich beschuldigt, mich nur in Ana verliebt zu haben, weil sie die erste Frau war, die mein kostbares Ego nicht bedroht hat.«

Rana tat diese Theorie mit einem Kopfschütteln ab.

»Das glaube ich nicht.«

»Aber du mußt mir versprechen, daß du kein langes Gesicht machst, wenn ich verliere.« Sie küßte ihn.

»Im Gegenteil. Ich werde dich aufheitern.«

Trent legte den Kopf auf die Seite und sah sie verschmitzt an.

»Weißt du eigentlich, wie eifersüchtig ich heute abend auf all die Fotografen war? Die wollten genauso viele Aufnahmen von dir wie von mir. Gehst du jemals in die Modelbranche zurück?«

»Vielleicht, wenn es sich mit dir und den Kindern vereinbaren läßt.«

Trent grinste breit. »Welchen Kindern?«

»Unseren natürlich. Hast du was dagegen?«

»Du liebe Güte, nein. Ich wollte schon immer mit ein paar Gören Leben in dieses Haus bringen.«

»Gut. Fangen wir sofort damit an.«

Er lachte und preßte sie zärtlich an sich. »Himmel, du bist unersättlich!«

Voller Stolz betrachtete er ihr Gesicht. »Ich möchte dich auf dem Laufsteg sehen, mit vollem Scheinwerferlicht auf deinem Haar.« Er streichelte es, und Rana lächelte. »Ich muß erst abnehmen.«

»Abnehmen? Du bist doch jetzt schon nur Haut und Knochen!«

»Nicht dünn genug für den Laufsteg. Aber ich kann mir kaum vorstellen, jemals wieder von Salat und Mineralwasser zu leben.«

»Bleib bloß so!« Trent küßte ihre Brüste. »Du bist wunderschön.«

Rana stöhnte leise, dann umschlang sie ihn und nahm ihn in sich auf. Er fühlte sich warm und stark an.

»Es ist so schön bei dir«, murmelte er.

»Dann willst du mich also behalten.«

»Vielleicht.«

»Sei nicht so verdammt eingebildet.« Sie bewegte sich auf ihm, und Trent vergrub aufstöhnend seinen Kopf zwischen ihren Brüsten. »Wenn ich dich nicht heirate«, flüsterte er rauh, »endest du womöglich noch als alte Jungfer.«

»Warum?«

»Weil du so ein armes, unscheinbares Mädchen bist, mein Schatz.«

Dann küßte er sie wieder, und die Zeit hörte auf zu existieren.

Paula gel, 2009